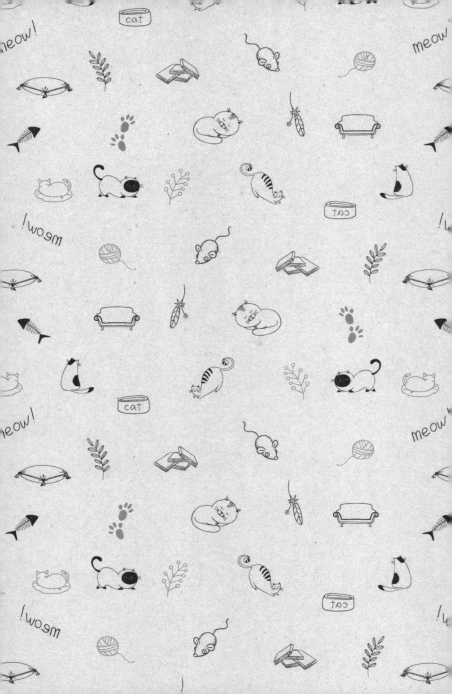

냥글냥글 책방

책 팔아 고양이 모시고 삽니다

냥글냥글 책방

글 김화수 • 표지그림 심비오지

우란(9세)
애니멀 호더의 집 출신. 엘비스 프
레슬리 같은 구레나룻이 매력 포
인트. 책방 최고위직. 도저히 알
수 없는 성격의 소유묘(냥아치).

룬(11세)
놀이터 출신. 어린이들에게 잡혀
보호소로 갔을 만큼 순둥이. 바
닥에 널브러져 있을 땐 발닦개로
오해받기도 함.

노랭이 가족
내 인생을 망치러 온 나의 구
원자 노랭이와 아이들. 홀연
마당에 나타나 인생의 희로
애락을 가르쳐줌.

랏샤(영원한 5살)

순진무구한 눈망울과 최강 애교로 책방 손님들 혼을 빼놓는 천상 영업직. 너무 예뻐 고양이 신께서 일찍 데려가셨음.

살룻(10세)

풀밭 출신. 예전 집사가 이민 간다고 버리고 갔다는 소문. 엄청난 친화력과 인내심이 매력인 고양이계의 카피바라.

*고양이 그림 @Simbiosi_Jh

contents

1부
고양이가 사는 책방에 놀러 오세요!

2부
우리는 고양이 직원

3부

냥장판이 된 마당

4부

후회 없이 사랑한다는 말

5부

가능하면 오래, 더 오래

1부

고양이가 사는
책방에
놀러 오세요!

마당이 있는 집에 이사 오다

마당이 있는 작은 단독주택을 갖게 됐다. 삶의 절반은 주택에서, 절반은 아파트에서 보냈는데 주택에서 보낸 기억이 훨씬 행복했다. 덕분에 늘 언젠가는 주택에 살기를 꿈꿨다. 꼭 마당이 있는 주택이어야 했는데 그 이유는 나의 비인간 가족들 때문이다. 나는 네 마리 고양이의 집사다.

고양이는 아파트에서 키우기에 나쁜 동물은 아니다. 영역을 중요하게 생각하고, 영역 밖으로 나가는 것을 두려워하니 실내에서만 키울 수 있다. 발걸음도 조용하고 울음도 많지 않은 편이라 층간소음을 걱정할 필요도 없다. 물론 아깽이 시절 우다다도 있고, 성격은 '냥바냥[1]'이니 소란스러운 고양이들도 있겠지만, 대부분의 고양이는 아파트에서 잘 살아간다. 내 고양이들은 특히 조용한 아이들이라 아파트에서 살 때도 딱히 불편한 것은 없었다. 그럼에도 마당을 원했던 이유는 고양이들에게 바깥 풍경을 보여주고 싶었기 때문이다.

11년 전 부산의 사설 유기묘 보호소에서 두 마리의 고양이를 1년 터울로 입양했다. 당시 아파트 3층에 살았는데, 창밖으로는 큰 나무도 있고 새들도 종류별로 찾아왔다. 또 멀리 놀이터가 보여서, 사람들도 왔다 갔다 하고 차도 다니는 등 구경거리가 다채로웠다. 그런데 몇 년 뒤 이사를 하게 되어 너무 미안했다.

새로 이사를 하면서 남편은 고양이 방을 따로 두자고 말했다. 고양이를 키우면서 비염이 더 심해지고 털 때문에 큰 스트레스를 받고 있던 터였다. 남편은 퇴근 후 편히 쉬어본 적이 없다고 했다. 나도 그 사정을 잘 알고 있었지만, 방법이 없어 내

---

1 케이스 바이 케이스(Case by Case)의 줄임말인 케바케를 본뜬 신조어. 고양이마다 다르다는 의미.

내 모른 척하며 살았다. 5년을 그렇게 살았으니 이번에는 나와 고양이가 양보할 수밖에 없었다. 가장 큰 방을 고양이 방으로 정했다. 조그만 베란다도 있는 방이었다. 그러나 바깥 풍경이랄 것이 없는 곳이라 아쉬웠다. 창문 밖으로 내다볼 것이라고는 다른 집 빌라 벽밖에 없었다. 갇혀 있는 데다 내다볼 곳도 없으니 고양이들의 스트레스가 커지는 것 같았다. 병치레가 잦았고, 그만큼 나의 미안함도 커져 갔다.

　문제는 하나 더 있었다. 당시 나는 집에서 조금 떨어진 곳에 작은 공간을 얻어 독서교실을 운영하고 있었다. 그곳에서 남편 몰래 구조한 고양이를 키우고 있었다. 잠시 임보[2]해줄 곳을 찾는다는 글을 인터넷 고양이 커뮤니티에서 보고 며칠 정도는 괜찮겠지 하고 데려왔던 게 1년을 넘기고 있었다. 샴고양이였는데 품종 고양이니까 쉽게 입양을 보낼 수 있으리라 생각했다. 그런데 데려온 지 얼마 되지 않아 피를 토했다. 병원에 데려갔더니 이미 몸이 많이 상한 아이였다. 아픈 아이를 무턱대고 입양 보낼 수는 없었기에 결국 내가 거두게 되었다. 게다가 '혼자는 외롭지 않을까'란 대책 없는 생각으로 데려온 고양

_____

2 반려견이나 반려묘를 임시로 보호하는 것.

이가 하나 더! 결국 나는 공식적으로 두 마리 집사, 비공식적으로 네 마리 집사였던 것이다.

독서교실 환경은 집보다 더 나빴다. 아예 창문이 없었다. 또 수시로 사람들이 드나드는 곳이라 언제나 탈출 위험이 도사리고 있었다. 호기심 많은 고양이들은 늘 유리 현관문 밖을 궁금해했고, 둘 중 한 마리는 이미 프로 탈출냥이 되어 있었다.

다행히 탈출냥이 가는 곳은 옆 학원. 피아노 학원이었는데, 그곳 선생님들이 워낙 고양이들을 예뻐하고 맛있는 간식도 많이 주었다. 그걸 아는지 문만 열면 탈출해서 그곳으로 갔다. 엄마보다 간식인가 싶어 조금 섭섭할 정도였다. 그래도 내가 자리를 비울 때는 피아노 학원 선생님들이 고양이들을 돌봐주셨기에 안심하고 키울 수 있었다. 다른 한 마리는 워낙 겁이 많아 탈출하지는 못했지만, 그럴수록 어린 고양이의 호기심을 채워줄 수 없는 환경이 늘 불만이었다.

책임지지 못할 만큼 식구를 늘리고, 좋지 못한 환경에서 고양이들을 키우는 것, 또 남편에게 솔직하게 말하지 못한 것, 이 모든 게 내 어깨를 계속 짓누르고 있었다. 집고양이에게도 독서교실 고양이에게도 최선을 다하지 못했다. 집고양이들은 내가 퇴근하기만을 기다리고, 독서교실 고양이들은 내가 출근하기만을 기다렸다. 집에서는 남편 눈치 보느라 제대로 같이 있어주지 못하고, 독서교실에서는 일하느라 제대로 돌봐주질 못했다.

이럴 거면 왜 데려왔을까. 분명 행복하게 해주겠다고 다짐했는데 고양이를 볼 때마다 불행해지다니. 나를 믿고 고양이를 입양 보내준 분들을 생각하면 더욱 부끄러웠다. 이런 상황에서 벗어나지 않고서는 나도 남편도 고양이도 모두 불행해질 것 같았다. 하루하루가 버거워질 무렵, 마당 있는 단독주택을 만났다.

내가 사는 곳은 통영의 신시가지라 단독주택을 찾아보기 힘든 아파트 동네다. 이 동네에 특이하게 열 채 정도의 주택이 모여 있는, 일명 '죽림 원룸촌'이라 불리는 곳이 있다. 3층 높이 빌라 수십 채 사이에 오렌지색 벽돌로 지어진 단독주택들이 한두 채씩 끼여 있는 모양새다. 이곳에 단독가구가 사는 형태의 2층 주택 중 유일하게 1, 2층이 분리되어 두 가구가 살 수 있는 주택이 매물로 나왔다. 나는 격하게 내적 환호를 질렀다.

그림이 딱 나왔다. 1층에서는 독서교실을 운영하면서 고양이 네 마리를 키우고, 2층에는 남편과 편안히 지낼 살림집을 만들자. 1층에는 조그마한 마당도 있으니 가끔 고양이들 산책도 시켜줄 수 있겠다. 커다란 거실 창문 밖으로 새랑 길고양이랑 나무랑 꽃도 실컷 보여주자. 사시사철 계절이 변하는 것을 느끼게 해주자! 나에게는 다 계획이 있다! 대출만 해결되면…!

영끌이라는 말을 몰랐을 때지만, 정말 영혼을 끌어모았다. 빚으로 시작한 결혼이었다. 살면서 아무리 갚아나가도 빚은 점점 늘었다. 월급이 오르는 속도보다 전세보증금이 오르는 속도가 훨씬 빨랐기 때문이다. 그래서인지 빚이 좀 더 생긴다고 해도 크게 두렵지는 않았다. 주택담보대출은 보통 20~30년 상환인데, 그 기간 정도면 충분히 갚을 수 있을 것 같았다. 남편 퇴직 전에는 다 갚지 않을까. 문제는 '빌릴 수 있느냐 없느냐'였다. 나는 어떻게든 그 집을 사고 싶었다. 내 어깨에 올라타 나를 의연히 짓누르고 있는 '죽도록 귀여운 나의 고양이 네 마리'를 그곳에서 자유롭게 풀어놓고 싶었다.

사실 남편은 아파트를 훨씬 좋아했고, 우리가 사려는 집은 집값 상승을 기대하기 어려운 지역이었기 때문에 남편이 반대했다면 포기했어야 했다. 그러나 남편도 강렬히 그 집을 원하고 있었다. 고양이와(이왕이면 고양이에 미친 아내와도) 분리된 삶을 원했기에 대출을 알아보는 것에 적극적으로 나서주었다. 남편은 회사원이었으므로 빈곤한 개인사업자인 나보다는 대출 조건이 훨씬 나았다. 나 혼자만으로 그 많은 돈을 빌리기란 불가능했다. 다행히 제1금융권에서는 차였지만, 제2금융권에서 우리의 소망을 받아주어 대출이 해결되었다.

사실 나는 돈과 관련된 골치 아픈 서류와 은행 업무, 부동산 업무는 남편에게 맡긴 채, 고양이들과의 해피 라이프만 꿈꿨다. 남편이 차근차근 돈 문제를 해결해주니 온갖 근심 걱정이 사라지고 뭐든 해볼 수 있을 것 같은 용기가 났다. 그래서 하나 더, 또 다른 꿈을 얹었다. 묻고 더블로 가! 책방도 해보자!

고양이 사랑엔 못 미치지만 나의 책 사랑은 오래된 병이다. 이사 다닐 때마다 이삿짐센터 직원의 한숨을 부를 만큼 집에 책이 많다. 그런데도 늘 책 사는 걸(읽는 것과는 다른 문제) 좋아한다. 나의 거의 유일한 과소비 목록이다.

결혼과 동시에 통영으로 이사오면서 독서모임을 만들었다. 낯선 곳에서 외롭던 시절, 독서모임은 힘이 되는 관계를 만들어주었다. 처음에는 비슷한 처지의 몇몇 사람이 모인 친목 모임에 가까웠는데, 몇 년을 이어가니 소모임도 많아지고 사람도 늘어났다. 더 다양한 모임과 강연, 행사 등을 치르고 싶었으나 그때마다 늘 장소가 아쉬웠다. 그 아쉬움도 해결하고 책도 마음껏 사 볼 수 있고, 또 좋은 책을 소개하고 팔 수도 있는 곳. 책방이 딱인걸!

본가에 가서 책방을 열겠다고 하니 다들 반대했다. 학생도 몇 명 없는 독서교실 운영도 힘들 텐데 책방까지 할 수 있겠냐며 걱정했다. 자기 몸 하나 돌볼 줄 모르는 주제에 고양이를 네 마리씩이나 키우는 나를 못 미더워했다. 식구들은 하나같이 '일을 더 크게 키우지 말라'며 결사 반대의 뜻을 모았다.

그러나 반대한다고 쉽게 포기할 나였다면 고양이가 네 마리로 불어나지는 않았겠지. 결국 답은 정해져 있었다. 내 고집대로 하기로 했다. 어차피 잘돼도 내 덕, 못돼도 내 탓이니 다른 사람들의 의견이 크게 중요하진 않았다.

결심은 끝났으니 책방 이름을 지어야지! 멋들어지고 지적인 이름을 찾느라 고심 중이던 나에게 독서모임 회원 J 씨가 지나가는 말로 한마디 툭 던졌다.

"그냥 카페 아이디랑 똑같이 고양이쌤 해요. 줄여서 고쌤 책방. 어때요?"

처음에는 너무 대충 짓는 것 아닌가 망설였다. 하지만 고양이가 사는 책방이고, 오랫동안 학생들을 가르치는 일을 해온 사람이 연 책방인 만큼, 그 정체성을 잘 보여주는 이름이라 차츰 마음에 들었다. 그래서 서점 이름은 '고양이쌤 책방'.

자, 이제 다 되었다. 인테리어도 했고 이사도 했다. 책방도 열었다. 이제는 뭐다? 행복하게 살 일만 남았다 이거야! 라고 생각했는데….

난 원체 무용하고 아름다운 것들을 좋아하오

그렇다. 행복했다. 이렇게 행복해도 되나 싶을 정도로 행복했다. 고양이와 책이라니. 너무 잘 어울리는 한 쌍 아닌가. 무용하고 아름답기로는 이만한 조합이 없다.

영혼까지 끌어모아 집을 샀기에 인테리어 할 돈이 없었다. 어쩌지? 퇴직금이 있었네! 내 퇴직금 말고(개인사업자는 그런 거 없다), 남편의 퇴직금을 미리 정산받아 인테리어를 했다. 이로써 남편의 노후는 내가 책임져야 할 막강한 의무를 갖게 됐다. 더 열심히 일할 수밖에.

인테리어의 핵심은 고양이 친화적 공간을 만드는 것. 1층은

방 세 개, 거실과 주방, 화장실 두 개와 다용도실이 있는 전형적인 아파트 구조다. 글쓰기 수업 교실로 쓸 작은방 하나를 빼고는 모두 문을 없앴다. 고양이들이 자유롭게 드나들어야 하기 때문이었다. 가장 큰 방은 내 서재로 꾸미고, 남은 방 하나는 고양이 놀이방으로 만들었다. 놀이방이라 해봤자 별 건 없었다. 예전에 고양이들을 위해 직접 만든 이층 침대 겸 캣타워를 놓아주었을 뿐이었다. 그래도 누구나 그 방에 들어가면 "여긴 고양이 방인가 봐요."하고 용도를 알아차린다. 고양이 놀이방 티가 난다는 뜻이다.

거실은 팔 책을 전시하기 위해 양 벽에 전면 책장을 달았다. 전면 책장 위로 고양이가 걸어 다닐 수 있는 캣테라스를 삼면에 설치하고 거실 창 앞에 캣타워를 만들었다. 캣타워를 타고 올라가면 거실을 빙 둘러 걸어 다닐 수 있도록. 거실 한가운데는 세로 2m, 가로 70cm의 긴 책상이 있는데, 이곳은 고양이들의 런웨이이다. 독서모임을 하고 있으면 꼭 책상에 올라와 가운데를 유유히 걸어 마음에 드는 손님의 책 위에 드러눕기 일쑤다. 제발 알레르기 있는 손님이 낙점당하는 일만 없길 바랄 뿐이었다.

최근에는 내 서재 창 앞에 두 개의 캣폴을 놓음으로써 온전히 인간의 공간이라 할 만한 곳은 화장실과 교실밖에 남지 않았다. 얼마 안 되는 그 공간들마저 침범당하기 일쑤라 늘 조심스럽다.

저녁 8시(마지막 글쓰기 수업이 끝나는 시간)가 다 되었는데도 내가 계속 수업을 하면 룬은 꼭 교실 문 앞에 와서 "냐아앙~" 울어댄다. 문 열면 바로 머리부터 들이민다. 막고 못 들어오게 하면 조금 서운해하긴 하지만, 이내 포기하고 돌아간다. 어쨌든 한 번은 얼굴을 보여줘야 안심하는 것이다.

살룻은 아무 말 없이 교실 문 앞에 머리를 대고 있다가 문이 열리면 잽싸게 교실 안으로 질주한다. 들어와서 하는 거라곤 교실을 한 바퀴 도는 것인데, 그것만 하게 해주면 스스로 교실 밖으로 나간다. 영역 순찰인가?

우란은 가끔 아무도 모르게 들어와서 교실 책장 꼭대기에서 잠드는 바람에 내가 모르고 문을 닫고 나가버려 갇힌 적도 있다. 그래서 이제는 책장 위로 못 올라가게 책장 아랫부분을 잘라내버렸다.

랏샤는 기웃거릴 뿐 겁이 많아 들어오지는 못한다. 랏샤에게 교실은 여전히 미지의 영역으로 남아 있다.

책방인데 책이 주인공이 아니라 조금 미안하다. 바닥부터 천장까지 이어지는 네 개의 책장이 있지만, 그곳도 캣타워가 되어버렸다. 네 마리 고양이 중 몸이 가벼운 우란이만 올라갈 수 있는데, 까칠한 성격의 우란이는 혼자 있고 싶을 때는 항상 책장 꼭대기에 올라가 자기만의 시간을 보낸다. 문제는 우란이의 털과 구토. 책장 곳곳에 고양이털이 끼이는 것은 기본. 간이 안 좋아 사료 토를 자주 하는 우란이 때문에 책들은 끝없이 고통받고 있다. 누렇게 쭈그러진 책들도 다수다.

책장의 책들은 파는 책이 아니라 내 책이라서 다행이지만, 아끼는 만화책(이정애 작가님의 『열왕대전기』, 현재 절판)이 그 꼴을 당했을 때는 우란이가 더는 책장에 못 올라가게 방책을 세워야 하지 않을까 심각하게 고민하기도 했다. 그러나 결국 책보다는 고양이를 생각하게 된다. 책은 다시 사면 되지만(더러워도 참고 읽으면 되지만), 고양이의 삶은 한 번뿐이니까.

다행히 판매할 책에는 해코지하지 않는다. 고양이는 종이를 좋아하는 공통된 성품을 갖고 있으니 종이만 보면 뜯고 긁고 깔고 앉기 마련이다. 그런데 참 기특하게도 판매할 책은 함부로 건드리지 않는다. 판매할 책 위로 걸어 다닐 때는 책을 안 밟으려고 요리조리 피해 다니는 모습을 보게 되는데 그럴 때면 너무 감사해서 뜨거운 눈물이 샘솟을 지경이다.

무엇보다 책방 고양이들을 위한 최고의 복지는 택배 상자가 아닐까? 매일매일 도착하는 신선한 책 박스는 고양이들의 최애템이다. 새로운 박스에 들어가려고 줄을 서기도 하는데 첫 개시는 늘 까칠 우란이고, 두 번째는 살룻 또는 룬, 마지막은 늘 막내 랏샤다. 가끔 랏샤는 박스 옆에서 차례를 기다리다 꾸벅꾸벅 졸기도 한다. 그 모습이 애처로워 새 박스가 오면 숨겨놨다가 다른 애들 몰래 랏샤에게 가장 먼저 들어갈 기회를 주기도 했다.

때로는 박스를 버리지 않고 여기저기 늘어놓는다. 책방이 늘 너저분한 이유다. 여러모로 인간에겐 좋은 공간이 아니다. 그러나 귀여운 것에 목마른 인간들에게는 행복해하는 고양이를 바라보는 것이 최고의 복지라는 생각에 너저분함을 견딘다.

풀 뜯으면 기분이 조크든여

나는 식물을 기르는 것에는 별 소질이 없다. 선인장을 말라 죽게 할 정도로 무심하다. 나 혼자 산다면 마당이 있는 집을 사지는 않았을 것이다. 남편 또한 마당 있는 집에 살아본 적도 없고 로망도 없었다. 그런데도 우리가 마당이 있었으면 했던 이유는 정말 단 하나, 고양이 때문이다.

고양이는 실내에서만 살아도 괜찮다. 길고양이와 집고양이의 평균 수명을 비교해보면 알 수 있다. 집 안에서 사는 편이 훨씬 행복도가 높다는걸. 그렇지만 집사의 욕심은 끝이 없는 법. 자유롭게 드나들면서도 안전한 마당을 함께 제공한다면 묘생의 질이 더 높아질 것이다. 오래전 인테리어 잡지에서 고양이를 위해 중정을 따로 만들어준 집을 보았고, 언젠가 나도 주택으로 이사 가면 고양이들을 위한 마당을 꾸며주리라 결심했었다.

그러나 이사 온 집 마당은 담도 낮고 사방이 열려 있는 구조라서 고양이들에게 내주기는 어려웠다. 고양이들 또한 열린 공간을 자기 영역으로 생각하지는 않을 것이다. 마당에서 산책을 시켜줄 수는 있겠지만 나는 고양이 산책에 동의하지 않는다.

고양이는 밖을 궁금해하고 밖을 바라보고 싶어 하는 동물이지 밖에 나가고 싶어 하는 동물은 아니라고 배웠다. 내 경험도 비슷하다. 룬과 우란, 랏샤는 문을 열어놔도 기웃기웃 댈 뿐 딱히 나가려고 하지 않는다. 사람들이 드나드는 곳이라 궁금하긴 한 것 같은데 왠지 너무 무섭다고 생각하는 것 같다. 그러면 다행히 마당은 바라보는 곳이기만 하면 충분한데, 문제는 살룻이었다.

살룻이 길고양이 시절 살던 곳은 마트 뒤편에 있는 누군가의 큰 텃밭이었다. 구조자 말로는 6개월 정도 그곳에 살면서 지나가는 사람들에게 캔이나 간식을 얻어먹었다고 한다. 그래서인지 살룻은 마당을, 정확히는 풀밭을 너무도 사랑했다. 이사 오자마자 마당을 내내 바라보더니 결국 탈출을 감행하기 시작했다. 온종일 중문 옆에 앉아 있다가 문만 열리면 탈출을 일삼았다. 물론 현관문이 있으니 탈출 길이 막히기 일쑤였지만 불굴의 의지를 갖고 기다렸다. 가끔 여러 사람이 들어오다 보면 중문과 현관문을 동시에 열어두게 될 때가 있다. 백분의 일의 확률, 그 순간을 위해 살룻은 인고의 시간을 보냈던 것이다. 찰나를 놓치지 않고 손님 발 사이를 가로질러 냅다 뛰어나가는 살룻! 처음에 그 모습을 봤을 때는 간이 툭 떨어지는 기분이었으나, 시간이 지나면서 나도 단골손님들도 더는 놀라지 않게 되었다. 그래봤자 그가 가는 곳이라고는 마당이었기에.

　살룻이 하고 싶은 일은 두 가지. 첫째, 마당에서 풀을 뜯거나 풀 위에서 뒹굴기. 둘째, 길고양이 밥 훔쳐 먹기. 특히 살룻에게는 첫 번째 이유가 마당 탈출의 강력한 이유인 것 같다. 사자도 가끔 풀을 먹는다 했던가. 아무리 그래도 그렇지 캣잎도 아닌데 왜 그렇게 풀을 뜯고 싶어 하는지 도통 모를 일이다. 혹시 화분을 좀 많이 놔두면 마당에 대한 관심을 끊을 수 있지 않을까 싶어 온갖 화분을 집 안에 들여놨지만 소용없었다. 살룻은 전혀 관심을 보이지 않았다. 오로지 일편단심 마당 잡초만 사랑했다. 화분의 풀도 풀인데 왜 꼭 마당의 풀이어야 하는가? 살룻이 말을 할 수 있다면 이랬을까?

"마당에서 풀 뜯으면 기분이 조크든여."

하루에도 몇 번씩 탈출을 감행하는 통에 온 신경이 현관문에 쏠릴 때도 있었다. 글쓰기 수업을 받으러 오는 학생들이 문을 제대로 닫지 않는 경우도 많았고, 개중에는 살룻이 탈출하고 내가 잡으러 가는 꼴이 재미있어서 일부러 문을 열어놓는 학생들도 있었다. 아무리 문단속을 강조하고 애걸해도 소용이 없었다. 살룻이 눈 깜짝할 새 나가버리니 어쩔 수 없기도 했다.

나중에는 정말 화가 치밀어 올랐다. 고양이를 야단칠 수도 훈련시킬 수도 없는 노릇이었다. 궁리 끝에 찾아낸 묘책이 바로 산책! 마당으로 못 나가게 하기보다 오히려 안전하게 밖으로 나갈 수 있게 해주면서 서서히 흥미를 끊게 하는 게 어떨까 싶었다.

하네스(가슴줄)를 사서 본격적으로 하루 5분 산책을 시작했다. 고양이는 몸이 유연하고 머리가 작아 하네스가 잘 풀리기 마련이라 그리 안전하진 않지만, 되도록 꽉 잡아매고 줄을 짧게 잡고 마당으로 데려갔다. 여기저기 풀을 뜯고 풀밭에 뒹굴뒹굴하면서 햇살을 즐기고 나면 나름 만족했는지 더는 탈출을 시도하지 않았다.

살룻은 마당을 벗어나 산책하고 탐색하고 싶어 하는 게 아니고 나무 냄새 맡고 풀을 뜯고 싶은 거니까 아주 천천히 움직였고 냄새를 다 맡으면 그 자리에서 뒹굴거리거나 앉아 있었다. 갑작스런 돌발행동이나 겁을 먹고 도망가는 성격의 고양이는 아니어서 잃어버릴 위험은 적었다. 그래도 불안하긴 마찬가지였다. 내가 살룻을 다 안다고 말할 수도 없었기 때문이다. 살룻은 만족했지만 나의 걱정은 커져갔다. 살룻은 답답하면 몸을 틀어서 하네스를 풀기도 했고 나중에는 하네스를 아예 하지 않으려고도 했다. 좀 더 안정적인 상황에서 마당을 즐기게 해주고 싶었다. 방법을 고민했다.

나 : 벽을 높이 쌓아서 나갈 수 없게 만들어주세요!

인테리어 사장님 : 고객님 집 구조상 불가능합니다.

나 : 흠… 그럼, 그물을 치면 어떨까요?

인테리어 사장님 : 고양이가 다 뜯습니다. 그리고 여기를 야구장으로 만들 셈입니까?

나 : 흠… 그럼, 마당에 사방으로 막힌 유리 건물을 하나 짓는다면요?

인테리어 사장님 : 비용, 감당할 수 있겠습니까? 그리고 불법 구조물로 신고 안 당하려면 허가부터 받아야 됩니다.

나 : (털썩)

결국 마당에서 고양이들이 자유롭게 뛰어노는 것은 나의 상상 회로 속에서만 가능하다는 결론으로 마무리 지었다. 살룻은 잠깐씩 산책을 시켜주는 정도로 탈출 욕구를 채우게 하는 수밖에. 다행히 이듬해 겨울, 살룻이 여느 때처럼 탈출을 감행하다가 강추위에 놀라 서둘러 들어오는 것을 목격했다. 아, 너도 추우면 나가기 싫구나. 같은 이유로 어마어마하게 더웠던 그해 여름. 살룻은 에어컨과 실내의 소중함을 깨닫고 가급적 한여름에는 탈출을 줄이기 시작했다.

이사 첫해에는 무척 부지런하던 살릇의 탈출 행각은 갈수록 점차 횟수가 줄어들어 뜸해졌다. 매일 꼬박꼬박 하루 산책을 하던 것도 일주일에 한 번이 되고, 한 달에 한 번으로 줄더니 영영 끝나버렸다. 살릇은 계절을 알았는지 여름과 겨울엔 아예 탈출 생각도 하지 않았다. 그래도 봄과 가을에는 나가고 싶어 창에 꼭 붙어 산다. 지난해 풀 뜯다가 이빨이 빠진 후로는 일부러 시키던 산책도 그만두었다. 스트레스를 풀어주기 위해 어쩔 수 없이 한 산책이었지만 늘 마음이 불안했다. 그래도 마음 한편엔 안쓰러운 마음도 있다. 나이가 들어서, 기력이 전보다 떨어져서 탈출을 안 하는 게 아닌가 하는. 정열적으로 탈출하던, 마당에서 한없이 빛나던 살릇이 살짝 그립기도 하다. 햇살 좋은 봄날엔 더욱.

사연 하나 없는
고양이가 어디 있겠어요

나를 집사로 만들어준 첫 고양이, 룬

룬은 놀이터에서 최초 발견되었다는 이력이 있다. 한 어린이가 룬을 발견하고 집으로 데려갔는데 부모님이 반대해서 할 수 없이 옆집 할아버지에게 줬다. 그러나 할아버지도 키우기 어려웠던지 어떤 청년에게 줬고, 그 청년이 보호소로 데려왔다고 한다. 보호소에서 임보처가 정해진 후, 그 집에서 얼마간 머물다 결국 내게로 왔다. 세어 보면 잠시라도 룬의 집사가 되었던 사람이 적어도 여섯! 룬에게 어떤 숨은 악마성이 있기에 다들 못 키운다고 릴레이 경주에서 바통 넘기듯 아이를 넘겼던 걸까?

룬과 같이 10년을 살아본 나의 결론은 '그 사람들 참 안 됐다'는 것. 일주일 정도 함께 살았을 때 이미 눈치챘지만, 살면 살수록 룬은 완벽한 고양이다. '고알못'이었던 초보 집사인 나 같은 사람이 '고양이 키우는 거 너무 쉽잖아!'하고 느꼈을 만큼 힘든 일이 없었다. 집에 온 지 며칠도 안 돼 영광스럽게도 집사 내외를 좋아해주기 시작했고, 남편의 무릎냥이가 되었다(내 무릎에 올라온 건 1년 뒤지만). 밤에도 울지 않았고, 목욕도 얌전히 했으며, 손님들에게도 다정했고, 누구를 할퀴고 무는 법도 없었다. 병원 가는 것도 수월하게 잘했고, 밥도 잘 먹고 똥도 잘 쌌다. 무릇 고양이라 함은 똥만 잘 싸도 칭찬받는 것이거늘, 룬은 여러 모로 칭찬할 게 넘쳐났다.

도대체 왜 이토록 완벽한 고양이가 여러 번 파양되어 집사를 갈아치워야 했던 걸까? 그것은 아마도 고양이의 문제가 아니라 사람들의 사정 때문이었으리라. 그들이 룬을 다른 이에게 보내야 했을 때 얼마나 아쉽고 안타까웠을지 보지 않아도 눈에 선하다. 사정은 안타깝지만, 내겐 참으로 고마운 일이다.

나는 룬 덕분에 고양이의 매력에 눈을 뜨고 말았다. 내 고양이도 예쁘지만, 세상 고양이는 다 예쁘다는 사실을 알아버렸다. 얼른 돈 많이 벌어 넓은 집으로 이사 가야지. 고양이 식구를 더 늘려야지, 안달하는 마음이 되어버렸다.

결혼하고 통영에 오면서 우울증을 겪고 집 안에만 박혀 있던 나를 바깥으로 이끈 것도 룬이다. 새로운 직업을 찾았고, 사람들을 만나기 위해 독서모임을 열면서 인생이 180도 바뀌었다. 그 기간 동안 꿈꿔왔던 대로 고양이 식구가 하나둘 늘었다. 룬은 내가 고양이쌤이라는 별칭을 갖고 새로운 정체성을 만들어나갈 수 있게 힘을 불어넣어 주었다. 그러니 룬을 향한 나의 애정은 남다를 수밖에 없다.

고양이는 고양이구나, 우란

룬을 키우면서도 나는 '집사'라는 단어를 잘 이해하지 못했다. 왜 고양이를 주인님이라고 하는지도 몰랐다. 물론 너무 예뻐 모시고 살고 싶어지긴 하지만, 룬을 키울 때까지만 해도 나는 내가 주인이고 룬이 반려동물이라 생각하고 살았다. 그 생각을 바로잡아준 고양이가 바로 우란이다.

우란이는 애니멀 호더 집에서 태어난 아이였다. 고양이 40

여 마리를 좁은 집 안에 가둬 키우면서 분변도 제대로 치워주지 않던 사람들의 집이었다. 그 집에 또 새로운 아기고양이 열 마리가 태어났다. 그중 한 마리는 죽고 아홉 마리는 구조되었는데, 구조된 고양이 가운데 헬멧을 쓴 것 마냥 특별한 모색을 갖고 있던 고양이가 바로 우란이다.

우란이는 임보처에 있을 때도 똥꼬발랄 그 자체였다고 한다. 이미 고양이를 키우고 있던 임보처라 다른 방에 격리해두었는데, 문을 살짝만 열어도 우란이가 총알처럼 팍 튀어나왔다고 한다. 끔찍한 곳에서 태어났지만, 아무것도 기억하지 못하는 깜찍한 뇌를 소유한 우란이!

우란이는 나에게 처음 왔을 때부터 전혀 낯가림이 없었다. 하악질하는 룬을 내내 쫓아다니며 먼저 장난을 걸고, 지친 룬이 자리 잡고 졸기라도 하면 얼굴에 머리를 디밀고 당당히 그루밍을 요구했다. 룬의 꼬리는 장난감, 룬의 배는 베개로 삼고 치대니 룬도 금세 그 매력에 빠져들어 나중에는 집사 왕따시키고 지네들끼리 물고 빨고 아주 꼬신내를 풍겼다.

우란이가 오고 나서 한밤중 우다다가 시작됐고, 화분도 깨지고, 벽지도 찢어졌다. 어찌나 에너지 넘치게 사고를 치고 날아다니는지 정신이 하나도 없었다. 장모종인 룬보다 단모종인 우란이의 털이 더 많이 날릴 정도였다. 그때서야 나는 집사들의 애환을 가슴 깊이 이해하게 되었다. 우란이와 만나면서 곱디곱던 내 손에도 집사다운 각종 스크래치가 나기 시작했다. 솔직히 털어놓자면 무서워서 9년 동안 목욕도 두 번밖에 못 시켰다. 아…, 이래서 사람들이 고양이를 주인님이라고 하는구나. 나이가 들면서 사고를 치는 일은 없어졌지만, 성격은 더 센 언니가 되고 있다. 성깔 부려도 괜찮으니 언제까지 건강하고 위풍당당하게 집사를 부리며 군림하길 바란다.

고양이 몸으로 태어난 카피바라[1], 살룻

"호리호리하고 날씬한 몸매다. 성격이 독특하면서도 영리하고 애정이 깊다. 감수성도 예민해 공격적이거나 신경질적인 반응을 보이기도 하고, 자기 과시욕을 드러내면서 언제나 주인의 관심을 끌려고 하기 때문에 안아주거나 쓰다듬어주는 것을 좋아한다. 지나치게 움직이는 것을 좋아해 성가신 점이 있

---

1 쥐목 카피바라과에 속하는 포유류. 친화력 갑의 생명체.

고, 수컷은 발정기가 되면 낮고 큰 소리로 시끄럽게 울어대는 단점이 있다."

네이버 지식백과에 나오는 샴고양이에 대한 설명이다. 이 글을 읽은 뒤 우리 집 샴고양이 살룻을 보면 역시 '냥바냥'이 라는 말을 실감할 수밖에 없다.

살룻은 투실투실하고 뚱뚱한 몸매다. 성격은 우직하며, 영 리한지는 모르겠는데 츤데레인 것은 확실하다. 어떤 일에도 큰 반응이 없으며, 로봇 청소기가 자신의 몸을 몇 번이나 밀어 제치면 겨우 일어날 정도로 무심한 성격이다. 주인의 관심을 원하기보다는 주로 마당에 관심을 두고 있다. 지나치게 움직 이지 않아 내가 다가가 일부러 성가시게 굴어 운동을 유도하 는 편이다.

1년에 한 번 정도 우는데 딱 두 가지 경우다. 배가 엄청나게 고프거나 산책이 끝나지 않았는데 집사가 집 안으로 막 데리 고 들어가려고 할 때! 목소리가 예뻐서 자주 울리고 싶은데 하 품하고 밥 먹을 때를 제외하곤 도통 입을 벌리지 않는다.

살룻은 밭으로 이어진 골목에서 발견되었다. 구조한 사람

말로는 6개월 정도 그곳에서 사람들에게 밥을 얻어먹었다고 한다. 골목 옆이 마트였는데 샬롯은 지나가는 사람마다 다가가 몸을 비비댔다. 이를 가엽고 안타깝게 여긴 사람들은 바로 마트에 들어가 참치캔(염분이 많은 사람용)을 사 와서 먹였다. 덕분에 샬롯은 살아남았지만, 때문에 신장이 망가졌다. 어쨌든 그걸 노리고 마트 옆에 자리 잡았다면 샬롯은 영리한 샴고양이가 맞다.

구조자는 고양이를 키울 사정이 되지 않아 지켜만 보다가 큰 태풍이 온다는 소식에 급하게 인터넷 고양이 카페에 임보자를 구한다는 글을 올렸다. 별생각 없이 나는 임보를 결정했다. 독서교실을 하고 있었기에 공간이 있었고, 샴고양이니까 입양 보내기 쉬울 거라 여겼다. 하지만 임보가 생각보다 길어졌고, 정이 들어버렸고, 병이 있다는 걸 알게 되었다. 샬롯과 나는 헤어지지 못하고 그냥 식구가 되었다.

이후 샬롯의 옛 주인이라는 엄마와 딸이 독서교실로 찾아온 적이 있다. 잠시 외국에서 살게 되어 지인에게 고양이를 입양 보냈는데, 지인이 문단속을 허술하게 하는 바람에 고양이가 집을 나갔다는 것이다. 그게 마트 근처라고 했다. 샬롯을 보더니 자기들이 키우던 고양이가 확실한 것 같다고 했다.

그러더니, "애가 고양이를 좋아하는데 가끔 보러 와도 되나요?"하고 물었다. 다시 돌려달라고 하지 않아서 다행이다 싶기도 했지만(자기 고양이라는 증거가 없으니 돌려달라 해도 그럴 생각이 없었지만) 자기들 사정 때문에 고생한 살룻에게 별 미안함이 없는 것 같은 태도에 섭섭한 마음이 들었다. 내가 시큰둥하게 반응해서 그런지 이후 다시 찾아오는 일은 없었다.

살룻은 내가 아는 고양이 중에 가장 의젓하고 친절하며 무신경한 듯하면서도 배려심이 많다. 고양이보다는 동물계의 인싸로 불리는 카피바라에 가깝다(생김새도). 좋아하는 습식을 먹을 때, 제 것을 다 먹고 나면 다른 고양이 그릇 앞에 얌전히 앉아 기다린다. 덩치로 밀어붙이면 충분히 빼앗아 먹을 수 있을 텐데도 말이다.

다른 고양이가 제 밥과 잠자리를 빼앗아도 결코 화내는 법이 없다. 어쩌면 별거 아닌 일에 에너지를 쓰지 않으려는 건지도 모른다. 덩치만 컸지 완전 헛빵이라는 걸 딱 보면 아는지, 잠깐씩 책방 안에서 임시보호하는 길고양이들도 늘 살룻에게 먼저 다가갔다. 살룻 덕분에 새 멤버들은 적응을 빨리 할 수 있다. 우란이와 룬이 쒸쒸대면 얼른 살룻 뒤로 숨어버리면 되니까. 살룻 옆에서 자면 안전(푹신)하니까. 싸움이 나면 쏜살같이 뛰어나와 중간에 딱 앉아 말려주니까. 우리 집 든든한 평화유지묘 살룻 덕분에 아직까지 고양이들 사이에 큰 싸움은 없었다.

머리부터 발끝까지 다 사랑스러워, 랏샤

고양이를 무서워하는 사람도 있다. 책방 고양이들은 순한 편이고 친근한 성격인데도 무섭다는 소리를 종종 듣곤 한다. 그러나 단 한 번도 무섭다는 말을 들은 적 없는 고양이가 있으니, 바로 랏샤다. 누구든 랏샤를 보면 "귀여워!"하고 탄성을 지른다. 외모뿐 아니라 성격까지 귀여운 마성의 랏샤.

일단 생김새부터 남다르다. 동글동글 빵떡 같은 얼굴에 토종 똥개 같은 친근한 모색, 커다랗고 순진무구한 눈과 너구리처럼 오동통한 꼬리, 왕발은 또 얼마나 귀여운가. 무섭기는커녕 그 발에 냥냥펀치 한 번 맞아봤으면 하는 마음이 간절하게 들 정도다. 성격은 또 어떠한가. 사람이라면 성별, 연령, 국적, 지역, 직업 가리지 않고 그저 '위 아 더 나의 팬'이라는 정신으로 반긴다. 집사 품에는 잘 안기지 않으면서 난생처음 보는 사람 품에는 어찌나 잘 안기는지 얘가 진짜 고양이가 맞나 다들 놀라는 눈치다.

내 고양이라서가 아니라 검증된 객관적 귀여움이라고나 할까. 고양이 무섭다고 소리소리 지르던 어린이들도 랏샤를 보면 눈빛이 달라진다. 귀여움이 독이었다면 우리는 모두 사망 각. 랏샤는 누구든 무장해제시키는 고양이계의 간디다.

하지만 랏샤가 유일하게 무장해제시키지 못하는 생명체가 딱 하나 있었다. 바로 우란이다. 랏샤는 누구에게나 그렇듯 친근하게 우란이에게 다가갔으나 첫 만남부터 보기 좋게 두들겨 맞고 말았다. 랏샤 입에서 "내가 누나 취향은 아닌가 봐." 라는 소리가 튀어나올 뻔했다. 그 이후 랏샤는 늘 우란이를 슬슬 피해 다녔지만, 우란이는 잊지 않고 매일매일 찾아와 솜방맹이 맛을 보여주곤 했다. 둘 사이는 끝내 좋아지지 않았다. 가끔은 한 자리에 누워 자기도 했지만, 1일 1싸움은 피할 수 없었다.

랏샤에게 또 패배감을 안겨준 것은 알레르기다. 랏샤는 독서교실을 운영하던 시절에 데려왔는데, 오자마자 문제가 생겼다. 랏샤가 온 뒤로 학생 몇몇에게 알레르기 증상이 생겼다. 살롯만 있었을 때는 아무 문제가 없었건만. 게다가 하필 알레르기 증상을 보인 학생들이 랏샤를 너무도 좋아한다는 것. 귀여워서 만지고 싶고, 또 랏샤도 안기려 하는데 가까이 오면 눈이 빨개지고 따가워했다. 부모님들에게 항의가 들어오기 시작해서 랏샤를 만지지 못하게 하면 나 몰래 쓰다듬었다. 같은 공간에 있고, 눈에 보이는데 서로 모른 척하게 하는 건 불가능했다. 할 수 없이 알레르기 있는 학생이 오면 랏샤를 교실 안 창고 같은 공간에 격리했다. 그게 또 랏샤에게 너무 미안했다. 랏샤도 행복하고, 학생들도 안전할 수 있는 공간이 절실했다. 내가 무리해서 집을 사고 책방을 열게 된 데는 랏샤가 일등공신이다.

둘에 둘을 더하면 집사의 행복은 별이 다섯 개!

집에서 키우던 룬과 우란, 독서교실에서 키우던 살롯과 랏샤가 책방을 열면서 드디어 함께 살게 됐다. 집에서 공부방을 하던 시절에 룬과 우란이는 학생들과 노는 것을 좋아했고, 살룻과 랏샤는 두말할 것 없이 모든 사람을 반겼기에 책방에서 네 마리를 함께 키우는 것에 조금도 망설임이 없었다. 늘 잘 돌봐주지 못한다는 자책에 시달리던 나는 이사 후 드디어 책방에서 네 마리 고양이와 함께할 수 있게 되었다. 내내 미안했던 마음도 조금은 덜게 되었다. 합사 과정에서 녀석들은 스트레스를 받았겠지만, 나는 정말 행복해졌다. 일단은 내가 행복하고 건강해야 고양이들을 잘 돌볼 수 있으니 이게 최선이었다고, 고양이들에게 변명하고 싶다.

애 낳으면 고양이는 버릴 거지?
비출산과 고양이

"애 낳으면 고양이는 버릴 거지?"

나보다 겨우 네댓 살 많은 시가 친척 형님이란 사람이 한 말이다. 성질 같아서는 "아갈머리를 화악!"하면서 (드라마 <스카이 캐슬>에 나오는 대사를 인용한 것이니 큰 오해 없기를 바란다) 머리끄덩이를 잡고 싶었다. 하지만 당시 '며느라기' 시기였기 때문에 "왜 버려요? 고양이 20년 사는데요?"하고 말았다. 그분은 내 대답이 너무 어이없다는 듯 고양이랑 애를 같이 키운다는 것은 말도 안 된다고 했다. 당시 결혼한 지 1년이 갓 지났고 임신 상태도 아니었는데 그런 말을 들은 내가 더 황당할 거란 생각은 아예 하지 못하는 것 같았다. 웃고 넘어갔지만, 이후 만날 때마다 그 말이 생각나서 기분 좋게 볼 수가 없었다.

반려동물과 함께 살지 않는 사람들은 반려동물과 사는 사람들에게 말을 함부로 할 때가 많다. 특히 아이 키우는 부모들이 그럴 땐 왠지 더 섭섭하다. 애를 키우며 사는 자신의 삶이 정상이니 아이 없이 반려동물하고만 사는 사람들의 삶은 뭔가 부족하고 안타까워 보이나 보다. 그래서 불필요한 오지랖을 시전하는데 그게 상대방에게 얼마나 상처가 되고 무례한 행동인지를 전혀 모른다. 부모가 되면 생명을 존중하는 마음이 더 커져야 하는데 동물을 버리라는 말을 쉽게도 한다. 내 아이가 너무 소중하다 보니 생명을 존중하는 마음보다 생명을 저울질하는 마음이 더 강해진 것 같다. 내 아이가 저울의 한쪽에 놓이는 순간, 다른 한쪽에는 무엇을 놓아도 추의 균형이 맞춰질 수 없다고 믿는 사람들과 대화를 나누다 보면 그 모성애와 부성애에 감동하기보다는 섬뜩해진다. 그게 당연하다고 말하는 사람들이 너무 많아서 나는 엄마가 되지 않기로 했다.

가족이나 가까운 친구가 내 삶에 대해 이러쿵저러쿵 말을 섞어도 기분이 나쁜데, 친하지도 않은 사람, 처음 보는 사람이 그럴 때는 진짜 '싸울까?' 싶은 생각이 훅 든다. 예전에 일하던 학원의 원장은 나에게 "그렇게 살지 마라."라는 말도 했다. 결혼했으면서 애는 안 낳고 고양이만 키우는 것 때문인데, 그러면서 교회에 다니라고 권유했다. 자기는 남편에게 맞고 살았는데, 부부가 교회에 다니면서 남편이 자기를 때리지 않게 되었다며. 근데 그거랑 애 낳는 거랑 무슨 상관인지 모르겠지만, 교회에 다니면 바르게(?) 살 수 있다고 했다. 그 사고 과정을 잠시 따라가 보자면, '고양이=사탄, 사탄이 임신을 막고 있다, 교회에 다니면 사탄의 유혹을 물리치고 애를 낳을 수 있다?…?….?!?' 그럼 사탄인 고양이는 어떻게 해야 하지? 사탄이 이렇게 귀엽다면 나는 지옥행을 택하련다.

　상처를 받은 나는 기억해도, 상처 준 사람은 기억하지 못한다. 그 말이 상처가 될 것을 상상조차 못 하는 것 같다. 사람에 대한 게 아니라 동물에 대한 말이었으니까, 걱정이 되어 한 말이니까, 먼저 부모가 된 사람으로서 할 수 있는 조언이라고 생각한 게 아닐까. 나 또한 반려동물이 사람 아이와 같다는 말을 하고 싶지는 않다. 사람 아이를 키워본 적은 없으나 반려동물과의 관계와는 다르다는 것을 주변을 지켜보며 알게 되었다. 사람 아이를 대하는 마음과 같든 같지 않든 고양이는 내 식구다. 식구에 대해 버리라든가, 위험하다든가, 도움이 안 된다든가 하는 모든 말은 무례함이다. 물론 내가 아주 비상식적이고 폭력적인 방식으로 반려동물을 대한다면 간섭을 넘어서 개입이 필요하겠지만, 그게 아니라면 말이다.

최지은의 『엄마는 되지 않기로 했습니다』는 비출산 부부로 살고 있는 작가가 자신처럼 아이 없는 삶을 살기로 한 여성 17명을 인터뷰해서 쓴 책이다. 나도 인터뷰이 중 한 명인데, 17명 중 나를 포함한 7명이 개나 고양이와 살고 있다고 한다. 반려동물을 키우다 보니 아이 생각이 사라져서 비출산을 택하기도 하고, 아이 생각이 애초에 없어서 그 에너지를 반려동물 키우는 데 투자하기도 하고, 반려동물과는 아무런 상관없이 비출산을 결심하기도 한다. 그런데도 아이가 없는 부부가 반려동물을 키운다고 하면, "애를 못 낳아서 외로워 저런다."라고 하거나 "동물한테 정을 다 줘서 애를 안 낳는다."라고 한다. 그럼 아이가 있는 부부는 왜 반려동물을 키우는 건가? 아이가 있어도 외로운가? 그럼 왜 반려동물 말고 아이를 낳아 키우라는 거지? 아이를 키우면서 반려동물도 키우는 집은 아이한테만 정을 주고 반려동물에겐 주지 않는 건가? 그럼 굳이 반려동물을 왜 키우지? 온갖 질문이 꼬리에 꼬리를 물지만, 아이와 반려동물을 같이 키울 수 없다고 믿는 사람에게 어떤 합리적인 대답을 듣기란 힘들 것 같다.

솔직히 고양이를 키우면 애가 안 생긴다는 말에 전적으로 동의한다. 삶이 충만해서 무엇을 더 채울 필요를 느끼지 못한다. 보기만 해도 사랑스럽고, 변하지 않는 애정을 주고받는 존재가 있다. 그게 남편일 수도 있고, 아이일 수도 있고, 친구일 수도 있지만, 고양이일 수도 있고 아이돌 최애일 수도 있고 어제 본 웹소설 서브 남자 주인공일 수도 있다. 양말이나 스웨터, 연필도 괜찮다. 아무튼, 괜찮다. 아이를 키우는 사람들이 느끼는 행복만 최고의 행복이 아니다. 안 낳아보면 그 엄청난 행복을 모른다고 안타까워하지만, 그런 말을 하는 사람은 안 낳고 사는 행복을 모른다. 고양이와 사는 행복도 모르지 않는가.

나는 아이를 낳지 않아서 행복하고, 또 고양이와 함께 살아서 어마무시하게 행복하다. 다른 이의 행복에 대해 안타까워하지도 질투하지도 말자. 각자의 행복을 축하하고 지지해주자. 만약 당신이 고양이를 키우며 아이를 낳지 않는 부부가 안타깝고 못마땅하기 그지없다면 그건 그 부부와 고양이 때문이 아니라 당신 자신 때문이다. 안타깝고 못마땅한 자신의 삶을 다른 이에게 투영하는 것을 멈춘다면 조금은 더 행복해질 수 있을 것이다.

애묘인이 책방을 하면 벌어지는 일,
취향의 발견

대문 앞에는 〈고양이쌤 책방〉이라는 간판이 붙어 있다. 가끔 이 간판만 보고 고양이 책만 파는 서점이라고 오해하는 분들이 있다. 물론 우리 책방에 고양이 책이 많기는 하다. 그러나 그 책들은 다 내 개인소유이다. 판매하진 않는다.

책방을 열기 전에 한 권 두 권 모으던 고양이 관련 책이 책방을 시작하면서 빠른 속도로 늘기 시작했다. 책방에 들어오면 정면으로 자리잡은 곳에 꽂아두었더니 눈에 잘 띄어 손님들이 고양이 책을 사려고 할 때가 많았다. 그래서 책방을 안내할 때 "저쪽 책장은 전부 고양이 책인데, 제 개인소장이라 판매하지는 않습니다."라는 말을 꼭 하게 됐다.

책방 곳곳에는 고양이 소품이 가득하다. 각종 조각상부터 책꽂이, 달력, 그림, 커튼, 옷걸이, 오르골, 방석, 포스터, 필기구, 전등, 인형, 컵, 접시, 스푼 등등. 이리로 봐도 고양이, 저리로 봐도 고양이, 인테리어의 조화로움 따위는 전혀 신경 쓰지 않는 그저 고양이 덕후의 취향대로 알록달록이다.

이걸로도 조금 부족한 마음에 옷까지 고양이가 그려진 것으로 챙겨 입는다. 고양이가 그려진 앞치마를 두르고 고양이 양말을 신고 고양이 슬리퍼를 신으면 어떤 명품도 부럽지 않은 나만의 스타일이 완성된다.

책방을 열기 전에도 소소하게 고양이 물건들을 사 모았다. 하지만 딱히 쓸 데도 없고, 나이에도 걸맞지 않는 것 같고, 집에 둘 곳도 마땅치 않아 자제하는 중이었다. 무엇보다 용처가 없는 물건들을 턱턱 사기에는 남편 눈치도 보였다. 그런데 이제는 대놓고 살 이유가 생겼다.

"명색이 '고양이쌤 책방'인데, 그에 어울리는 인테리어는 필요하지 않겠어?"

큰소리치면서 평소 같았으면 백 번 고민했을 가격의 소품도 오십 번만 고민하고 산다. 남편은 소품이나 책 사는 것은 별말 안 하는데 고양이 옷을 사면 "제발 옷 같은 옷을 좀 사라."며 한마디 한다. 아무래도 마흔의 나이에 어울리지 않을 만큼 지나치게 큐트한 의상을 입은 부인과 함께 걸어 다니기 부끄러운 듯하다. 그래도 이제는 어디 여행을 가거나 하면 "여기 고양이 같은 거(?) 있네."하고 먼저 찾아준다. 해외 나가는 친구에게 부탁해 그곳에서만 살 수 있는 고양이 소품을 사다주기도 한다.

손님들도 마찬가지다. 어디 가서 고양이 그림이나 소품을 보면 내가 생각난다고 한다. 생각만 하는 분이 99%지만, 간혹 진짜 사다주는 1%가 있다. 어떤 순간 나를 떠올리며 사다준 누군가의 선물에 깊이 감동한다. 이미지 메이킹이 중요하다는 걸 새삼 깨닫게 된다.

한 번은 독서모임 회원 K 씨와 강연을 들으러 갔다가 그곳 현관에 설치된 고양이 우체통을 보고 지나가는 말로 너무 예쁘다고 한 적이 있다. 그런데 K 씨가 연말에 20만 원이 든 봉투를 건네주며 말하는 게 아닌가. "고양이 우체통 사세요!"하면서. 정말 눈물 나게 고마웠다. 취향이라고는 없이 살았기에, 누군가에게 마음에 꼭 드는 선물을 받아본 기억이 별로 없다. 누가 선물 뭐 받고 싶어 물으면 정말 고민되고 차라리 돈으로 주면 좋겠다고 생각한 적도 많았다.

고양이를 만나고 나만의 취향을 갖게 되었다. 세상 고양이가 다 내 취향이 된 것도 모자라, 고양이 자체가 내 정체성이 되었다. 다른 사람들에게도 '고양이쌤'으로 인식되어 간다고 생각하니, 취향을 존중받는 기분이 들었고 드디어 하나의 독립된 인격체가 된 것 같았다.

거기다 취향을 맘껏 발산할 책방까지 있으니 이 얼마나 완벽한가. 책방 열기를 정말 잘했다고 생각하는 가장 큰 이유는 물론 고양이들을 좋은 환경에서 키울 수 있게 된 것이다. 하지만 또 하나 정말 잘했다 싶은 이유는 나만의 취향이 담긴 공간을 가질 수 있게 되었다는 점이다.

책방은 하루하루 나에게 말할 수 없는 행복을 가져다준다. 남들 눈에는 그다지 예뻐 보이지 않더라도 내가 좋아하는 것들로 가득 채운 공간은 위로와 안정감과 여유를 동시에 선사해준다. 이 작은 공간에서 나의 고양이들과 평생토록 느긋하게 살아가는 상상을 하면, 어떤 어려움도 이겨낼 수 있을 것처럼 용기와 평화가 마구마구 샘솟는다.

애묘인이 운영하는 책방이라 손님들에겐 불편한 게 많다. 사막도 아닌데 바닥에는 모래가 찰찰 흩어져 있고, 앉았다 일어나면 엉덩이에 하얗게 털이 들러붙는다. 비싼 가방과 코트를 긁어대는 녀석과 다리 저린데 도통 무릎 위에서 떠날 줄을 모르는 녀석 때문에 당황스러운 순간도 많다. 아무 데나 널부러져 자는 고양이를 밟지 않으려다 트위스트를 추기도 하고, 코를 골며 자는 고양이 때문에 모처럼의 진지한 독서모드가 깨지기도 한다.

맘에 드는 책이 없어서 고양이 소품이라도 사려고 하면 안 판다 그러고, 고양이 나가니까 조심해서 문 열고 닫으라고 압박하는 곳. 이런 곳에 굳이 책을 사러 갈 필요가 있나 할지도 모르겠다.

그러나 당신이 애묘인이라면, '그곳에 가고 싶다!' 하는 마음이 어느 날 문득 소록소록 올라올 것이다. 한 번 다녀간다면 '당장 나도 그런 공간을 만들고 싶다!'고 외치고 싶을 것이다. 애묘인의 로망인 책방, 고양이쌤 책방! (*저자의 지극히 주관적인 견해로 출판사와는 하등 관련이 없음을 강조합니다.) 이곳에서는 아침부터 저녁까지 고양이와 고양이를 사랑하는 사람들의 행복이 냥글냥글 소복소복 쌓인다.

2부

우리는
고양이 직원

셀럽 고양이의 탄생

종종 네이버 카페 〈고양이라서 다행이야〉에 들어가 입양 홍보 글을 읽곤 한다. 온갖 사연을 가진 고양이들을 보다 보면 가끔 '오냥이 집으로 만들어봐?' 할 만큼 마음이 가는 아이를 발견한다. 그러다 입양 조건을 읽으면서 뜨끔한다. 겉으로 보자면 나는 고양이를 입양하기에 좋은 조건이 아니기 때문이다.

고양이를 구조해 입양 보내는 사람들은 입양 가는 아이들이 잘 살기를 절실하게 바라는 사람들이기에 입양 조건이 까다로울 때가 많다. 가장 우려하는 사례가 산책냥, 외출냥, 매장냥, 베란다냥 등으로 키워지게 되는 것일 테다. 그렇다. 바로 '매장냥'. 내가 불량 입양자가 될 수밖에 없는 이유다.

나의 고양이들은 매장냥이들이다. 책방이라는 상업 공간에 살고 있고, 내가 퇴근할 때 집으로 데려가지 않고 책방에서 고양이들끼리 자니까 빼박 매장냥이다. 독립적인 성향에 외부인을 꺼리는 대부분의 고양이들 성향으로 볼 때 별로 좋지 않은 환경일 수 있다. 또 들락날락하는 손님들이 있으니 탈출도 걱정된다. 그럼에도 내가 집이 아닌 책방에서 아이들을 키우기로 결심한 건 순전히 나 때문이다. 내가 집에서 하는 일이라고는 먹고 자고 씻는 것밖에 없다. 대략 열 시간 정도, 나머지 시간은 온종일 일을 할 테니 최대한 오랜 시간을 고양이와 함께 있으려면 내가 일하는 곳에 고양이가 있는 것이 답이었다. 고양이들을 집에 두면 내내 집사가 자는 모습만 바라볼 텐데 그건 내가 바라는 삶이 아니었다. 그래서 네 마리 고양이들은 고양이쌤 책방의 직원이 되었다.

살룻은 구조했을 때부터 사람을 좋아했고, 랏샤는 태어날 때부터 시선을 즐기는 고양이였다. 샬롯은 이미 독서교실과 피아노 학원의 뭇 인간들을 장악한 경력이 있으며, 랏샤는 인간 가족과 엄마냥, 아빠냥, 형제 자매냥들에다가 개삼촌까지 함께 자라서 그런지 낯가림이 없었다. 오히려 너무 다가가는 게 문제랄까. 독서교실에 학생이나 학부모가 오면 무릎에 앉는다거나 궁둥이를 얼굴에 들이대는 통에 아이들이 글쓰기를 못 할 정도였다. 저리 가라고 밀어내면, '응? 나를 거부한다고?' 하며 믿을 수 없다는 눈으로 쳐다보기까지.

프로 영업냥 샬롯과 랏샤는 걱정이 없었지만, 룬과 우란이 걱정이었다. 그런데 웬걸? 기우에 불과했다. 룬은 처음에는 사람이 오면 숨거나 피했지만, 어린이들에게는 다가갔다. 특히 자기를 잘 쓰다듬어주는 어린이가 오면 마중을 나가기도 했다. 원래 사람에게 다정한 성품인 건 알았지만, 어린이들에게까지 관대할 거라곤 생각을 못 했다. 의외의 발견이었다.

우란은 관종임이 밝혀졌다. 책방 거실 삼면에 캣테라스가 설치되어 있는데, 그곳의 가장 정중앙은 항상 우란이 차지였다. 독서모임이라도 할라치면 꼭 그곳에 올라가 어좌에 앉은 임금처럼 비루한 인간들을 내려다본다. 그러다 심심해지면 괴성을 지르며 자신을 쳐다보게 하는 것이다. 사람들이 안 봐주고 독서모임에 몰입하면 갑자기 책상으로 뛰어내려 깜짝 놀라게 한다. 긴 거실 책상을 런웨이처럼 활보하며 손님들 책이며 노트북이며 다 밟고 다니고, 원할 때까지 궁디팡팡을 해주지 않으면 참지 못하고 벌컥 짜증을 부린다. 성격 나쁜 셀럽 우란이 때문에 곤란할 때가 많지만, 어쨌든 고양이 직원들이 손님 때문에 큰 스트레스를 받지 않는다는 것이 고마울 따름이다. (손님이 스트레스를 받는 것은 죄송하다….)

책방에는 글쓰기 수업을 받으러 오는 어린이들이 많다. 글쓰기 수업을 받고 싶다고 상담 문의가 오면 꼭 묻는 질문이 있다.

"혹시 아이가 고양이 알레르기가 있다거나, 고양이를 무서워하지는 않을까요?"
"아휴, 너무 좋아해서 탈이죠. 고양이 때문에 수업 꼭 가고 싶다고 하네요(좋아! 계획대로 되고 있어)."

평생을 아파트에만 살아서 반려동물과 함께한 경험이 없는 어린이들은 고양이를 본다는 것만으로 이미 신나서 책방에 들어온다. 책 읽기, 글쓰기는 싫지만 고양이들 덕분에 기분이 좋아진 어린이들은 수업에도 긍정적으로 참여한다. 고양이가 교육 효과 측면에서도 역할을 하는 것이다. 나에게는 정말 고마운 일이다. 어린이들 또한 고양이와 만나며, 자신보다 작은 존재를 어떻게 대해야 하는지 배우고, 비인간 친구를 만드는 경험을 한다. 이것이 고양이 직원들의 가장 큰 역할이다.

고양이들 또한 어린이들의 손길이 싫지 않다. 꿀이 뚝뚝 떨어지는 눈으로 예쁘다 예쁘다 하고 에너지 넘치게 낚싯대를 흔들어주니 지금은 어린이들이 오는 소리가 들리면 마중 나가 문 앞에 앉아 있기도 한다. 어린이들의 스마트폰 배경화면이나 카톡 프로필에 책방 고양이들 사진이 등장하는 건 아주 흔한 일이다. 딱히 귀여운 포즈도 아닌데, 연신 "귀여워!"하며 카메라를 들이댄다. 책방 고양이들은 팬들에 둘러싸여 셀럽의 삶을 한껏 즐긴다.

나의 고양이들이 이토록 사람을 좋아하는 고양이라니. 이토록 관심을 원했다니! 책방에서 살지 않았다면 몰랐을 일이다. 만약 책방이 번화가나 관광지에 자리 잡고 있어 불특정 다수의 손님이 빈번히 오가는 곳이었다면 아마 고양이를 살게 하진 못했을 것이다.

다행인지 불행인지 내 책방엔 손님이 거의 없다. 인테리어가 멋진 곳도 아니라 사진 찍기도 별로고, 내가 좋아하는 책만 입고하기 때문에 다양한 책을 구경하기에도 별로다. 처음부터 독서모임과 고양이 친화적인 공간으로 설정했기 때문이다. 글쓰기를 배우러 오는 학생들과 독서모임 회원들이 대부분인 책방. 장사가 안 되는 책방. 그래서 고양이들에게는 다행인 책방.

게다가 2019년부터는 아예 회원제, 예약제로 운영하고 있기에 갑자기 누군가가 들이닥치는 경우는 없다. 그래서 고양이에게도 내게도 안전한 책방이 되었다. 하지만 초기에는 그렇지 못했다. 숱한 시행착오를 거쳐야 했다.

고양이 카페냐고요?
책방인데 고양이가 살고 있습니다만

"거기 고양이 카페 맞죠?"

"아닙니다. 책방인데 고양이가 있을 뿐이에요."

"그래도 고양이 만져도 되지요?"

"갑자기 만지거나 하면 애들이 무서워해서요."

"우리 애가 고양이 보고 싶다는데 가도 되나요?"

"죄송하지만, 책 보러 오시는 건 괜찮은데 고양이가 목적이
라면 좀 곤란합니다."

하루에도 몇 번씩 이런 전화를 받는다. 상호에 '고양이'가

들어가니 고양이 카페로 오인하는 사람들이 많다. 전화로 문의하면 간단히 거절할 수 있다. 하지만 무작정 찾아오는 경우는 막을 수 없다. 고양이와 나를 곤란하게 만드는 유형 네 가지를 소개하고자 한다.

첫 번째, 탈출해도 나 몰라라 유형

가장 위험한 유형이다. 책방에 들어오려면 현관문을 열고 들어와서 중문을 하나 더 열어야 한다. 중문에 "고양이가 탈출할 수 있으니 문을 여닫을 때는 조심해주세요." 하는 알림문을 써놓긴 했으나 보지 못하는 경우가 많다. 손님이 오면 내가 직접 달려나가 열어준 후 문을 꼭 닫는다. 문제는 내가 수업을 하고 있을 때다. 내 수업에 내가 취해 열변을 토하고 있을 때면 손님이 들어와 한참을 있다 가도 모를 때가 많다. 한번은 살룻과 랏샤의 동반 탈출 사건도 발생했다.

한참 수업을 하다 책방 쪽으로 나갔다. 손님이 한 분 와계셔, 인사를 하고 무심코 문 쪽을 바라보니 중문도 현관문도 열려 있는 게 아닌가! 황급히 문을 닫고 고양이들을 찾았다. 아니나 다를까 프로 탈출냥 살룻과 겁쟁이 영업사원 랏샤가 없었다.

"아까 제가 들어올 때 나가던데요."

사태파악을 전혀 못하는 손님은 무심한 목소리로 대답했다. 속으로는 비명을 질렀지만, 차분하게 밖으로 나가 아이들을 찾았다. 살룻은 원래 나가도 멀리 가지 않고 마당에서 풀을 뜯고 있기 때문에 크게 걱정하진 않았지만 랏샤가 문제였다. 겁이 많은 고양이가 영역을 벗어날 경우 자기 영역으로 돌아오지 못하고 몸을 숨기는 경우가 많다고 들었기 때문이다. 생각대로 살룻은 밖에서 풀을 뜯으며 뒹굴뒹굴 놀고 있었으나, 랏샤는 보이지 않았다.

마당을 뒤지고 창고를 뒤져도 찾을 수 없어 패닉이 오기 직전, "와아앙!" 하는 랏샤 특유의 울음소리가 들렸다. 돌아보니 랏샤가 대문으로 들어와 허둥지둥 현관을 향해 뛰어 들어가고 있었다. 뒤쫓아 달려가 현관을 열어주니 바로 집으로 쏙 들어가는 랏샤. 마당에서 놀던 살룻도 얼른 안아들었다. "동생 데리고 나가면 어떡해!" 하며 엉덩이를 때려준 것으로 동반 탈출 사건이 막을 내렸다.

만약 아이들을 찾지 못했다면? 그 손님에게 책임을 물을 수는 없다. 손님은 그저 들어왔을 뿐, 아이들을 밖으로 몰아낸 것도 아니니까. 그래도 고양이가 나갔다고 내게 알려주었으면 좋았을 텐데. 그 전에 현관문을 닫고 중문을 열었다면 좋았을 텐데. 아파트라면 큰 문제가 없겠지만, 사방이 열린 구조인 주택에서는 고양이들의 탈출 사건이 흔치않게 발생한다. 고양이는 개와 달리 집을 찾아오지 못한다. 호기심에 영역 밖으로 나갔다가 당황해서 길을 잃는 동물이다. 고양이가 살고 있는 주택에서는 항상 문 여닫을 때 조심해야 한다.

두 번째, 만져도 돼 유형

고양이 카페든 아니든, 고양이를 보기 위해 책방을 찾는 손님들이 꽤 있다. 일단 들어올 때부터 "고양이는 어디 있어요?" 하고 묻는다. 구석진 곳에서 또는 캣타워에서 낮잠을 즐기고 있는 아이들을 굳이 깨우고 만지기 일쑤다.

근처에 초등학교가 두 개나 있어서 어린이들끼리 오는 경우도 종종 있다. 특히 어린이들은 고양이를 좋아한다는 게 자칫 괴롭히는 걸로 표현되기도 한다. 물론 나 또한 어린 시절 동물을 너무 좋아했기에 만지고 싶고 안고 싶은 심정을 잘 안다. 그런데 만약 함부로 안으려다가, 또는 귀찮게 만져대다가 고양이들이 할퀴기라도 하면? 물기라도 하면? 그건 온전히 내 책임이 된다. 또 어느새 중년에 훌쩍 접어든 세 고양이들에게는 사람들의 집적거림이 스트레스가 될 수 있기에 어린이들이 오면 우선 교육부터 시킨다.

"고양이는, 먼저 다가오는 사람보다 가만히 있는 사람을 더 좋아해. 얼굴을 살살 쓰다듬는 건 좋아하지만 다른 곳을 만지는 건 싫어해. 특히 발이나 꼬리. 고양이가 숨어 있다면 그건 혼자 있고 싶다는 뜻이야. 절대 찾아다니지는 마. 또 소리지르거나 쫓아가면 공격하는 것으로 느끼고 방어하기 위해 먼저 공격할 수도 있어. 절대 그러면 안 돼."

절반은 먹히고 절반은 안 먹힌다. 한 번은 자주 찾아오던 어린이가 자기 친구들을 잔뜩 데리고 왔다. 평소에도 고양이에게 좀 함부로 하는 녀석이라 긴장하고 있는데, 친구들에게 이렇게 말하는 게 아닌가.

"야, 막 만져도 돼(호랑이 아니고 고양인데 허세 잔뜩)!"

나는 어린이의 친구들을 돌려보낸 뒤 심각한 표정으로 말했다.

"고양이를 막 만지면 절대 안 돼. 너는 네 몸을 누가 허락도 없이 막 만지면 좋겠니?"

어린이들인데 뭘 그렇게까지 하느냐, 동물인데 좀 만지면 어떠냐 할 수도 있다. 그러나 나는 동물을 장난감처럼 대하지 않는 태도를 배우는 것이 그 어린이들의 삶에도 훨씬 도움이 되리라 믿는다.

어린이들은 그나마 나은 편이다. 부모님들이 자녀들에게 고양이를 보여주겠다고 데려올 때가 가장 난감하다. 무섭다고 소리 지르는 어린이들에게 "만져 봐, 만져 봐." 하고 부추긴다.

동물을 경험하게 해주고 싶다면 올컬러 백과사전을 사주시거나 다큐멘터리를 보여주시면 좋겠다. 꼭 살아 있는 동물을 만져봐야 경험이 되는 것은 아니다. 간접경험을 통해 그들의 생태를 공부하는 것이 먼저다. 살아 있는 존재일수록 그 존재의 습성에 대해 알고, 더 조심히 대하는 것이 진정 동물에 대한 '살아 있는' 교육이 아닐까.

세 번째, 아유 잘 먹네 유형

첫째 고양이 룬은 방광 슬러지로 카테터(관을 삽입해 막힌 요도를 뚫는 시술)도 여러 번 했고, 신장이 약해 만성구내염을 앓고 있으며 심장도 좋지 않다. 둘째 살룻은 길고양이 시절 얻어먹은 사람용 음식 때문에 신장이 많이 망가진 채로 내게 왔다. 셋째 우란은 2018년에 급성간부전과 지방간이 와서 죽다 살아난 경험이 있다. 이때 나도 함께 죽다 살아났고, 특히 내 통장은 텅장이 되어 사망했다.

고양이의 병력을 자랑하려는 것은 아니다. 내 고양이들은 평생 처방사료만 먹고 간식은 절대 먹어서는 안 된다는 말을 하고 싶을 뿐이다. 그러나 이 길고도 서글픈 사연을 책방 곳곳에 대자보로 붙일 수는 없는 노릇 아닌가. 애나 어른이나 귀여운 것을 보면 그 입에 뭐라도 넣어주고 싶은 마음, 그것은 인간의 본성(?)이다. 나도 뭣 모르던 어린 시절 길고양이에게 우유나 빵, 소시지 등을 사주는 데 얼마 안 되는 용돈을 탈탈 털곤 했다. 이해할 수는 있지만, 해서는 안 되는 행동이다.

잘못 먹은 간식 때문에 병원으로 달려가야 하는 상황이 벌어지기 때문이다. 신장과 간이 약한 아이들은 좋지 않은 성분을 소화시킬 힘이 없다. 간식이 아니라 사료만 잘못 먹어도 요도가 막혀버리는 고양이들 때문에 손님들에게 간식은 절대로 안 된다고 강조한다.

고맙게도 간식을 챙겨와 내게 냥이 선물이라며 주시는 분도 계신다. 그럼 그 간식은 가끔 길고양이들에게 주거나, 고양이를 키우는 다른 집에 보내준다. 이렇게 물어보거나 내게 주는 것은 물론 괜찮다. 문제는 나도 모르게 고양이에게 직접 간식을 주는 경우다.

아이가 고양이에게 간식을 주고 싶다고 하자, 편의점에서 동원참치를(동원참치는 죄가 없다) 사 와서 뚜껑만 따서 캔 그대로 고양이에게 준 손님이 있었다. 내 고양이가 아니라 마당에 들어온 길고양이들에게 준 것이지만, 나는 너무 화가 났다. 사람이 먹는 염분 많은 참치를 준 것은 몰라서 그랬다 해도, 캔과 캔 뚜껑까지 그대로 버려두고 갔기 때문이다. 날카로운 뚜껑에 입을 베면 어쩌라는 걸까? 과연 저 행동이 동물에 대한 사랑으로 아이에게 비춰질 수 있을까? 캔을 치우면서 이제 마당에도 '간식 사절'이라 써 붙여야 할지 고민했다.

네 번째, 고양이 좀 잡아주세요 유형

내 고양이들은 사람에게 살짝쿵 다가가거나 슬쩍 비비는 경우는 있어도 달려들거나 물어뜯거나 하지는 않는다. 책방의 느긋한 삶에 익숙한 고양이들에겐 공격성이라곤 아무짝에도 쓸모없는 능력이기에 이미 퇴화됐다.

동물을 무서워하거나 싫어하는 사람들도 이해할 수 있다. 그렇지만 나는 책방 안에서 고양이를 잡아달라거나 가둬달라는 요구는 들어줄래야 들어줄 수가 없다.

일단 네 마리를 잡고 있는 것은 손이 두 개인 나로서는 불가능하며, 합이 20kg인데 다 들고 있지도 못한다. 또 문짝을 다 떼어버려 가둬둘 수 있는 장소가 화장실과 교실뿐인데, 그럼 그곳을 이용하는 사람들이 불편해진다. 사실 가둘 수 있다 해도 굳이 그러고 싶지 않기도 하고.

내 책방의 갑은 고양이기 때문에, 감히 집사가 주인을 가둘 수는 없는 노릇. 주인의 노여움을 감당할 자신이 내겐 없다. 죄송하지만, 고양이를 싫어하거나 무서워하는 손님은 어쩔 수 없다. 감내하시거나 나가시거나.

큰 개에게 물렸다거나 하는 공포의 기억 때문에 동물을 싫어하는 사람을 종종 본다. 정말 안타까운 일이고 무서워하는 게 당연하다고 생각한다. 그런데 고양이에 대한 잘못된 이미지 때문에 싫어하는 사람들을 만나면 마음이 언짢다. 요물이라거나 사람을 배신한다거나 도둑질을 한다거나 하는 이유를 말하면, 그것이 과연 합당한가 되묻게 된다.

비둘기를 싫어하는 사람도 많다. 기생충을 옮긴다거나 사람이 토한 걸 먹어서 더럽다거나 똥을 아무 데나 싼다는 이유에서다. 그 이유들도 역시 인간의 오해다. 어쩌면 인간의 잘못에서 비롯된 것일지도 모른다. 그러나 굳이 그 자리에서 잘잘못을 입 아프게 일일이 따지고 싶지는 않다. 서로의 생각을 좁히려면 너무 많은 말과 감정이 소모될 걸 알기에.

다만 한 가지는 꼭 묻는다. 자신이 싫어한다는 이유로 어느 한 존재를 내 눈앞에서 사라지게 할 권리가 우리에게 있는지. 입장을 바꿔서, 누군가의 눈앞에서 치워져야 할 존재가 나 자신이 되면 어떤 기분일지. 그 존재가 나에게 피해를 입히려는 게 아니라면 쳐다보지 말고 다가가지 말고 조용히 지나가면 되지 않을까.

인간보다 몇 배나 더 작은, 인간에게 다가오지도 않는 고양이에게 비명을 지르며 싫다고 호들갑을 떨면 좀 당황스럽다. 날개 달린 건, 또는 네 발 달린 건 다 무섭다는 사람도 가끔 있다. 그들은 정말 인간만 사는 세상을 만들고 싶은 걸까? 생각만 해도 좀 서글프다. 그건 너무 삭막하지 않을까 싶어서.

고양이와 눈이 마주치면 달려와 "고양이가 저를 째려봐요!", "고양이 눈 너무 무서워요!"하는 어린이들이 있다. 물론 대부분 나의 관심을 끌기 위한 행동이다. 그러나 그런 말을 반복하는 어린이가 있으면 나는 이렇게 말한다.

"고양이는 너한테 관심 없어. 너에게 피해도 끼치지 않잖아. 나보다 작고 약한 존재에게 계속 무섭다, 싫다고 말하는 건 결국 내 눈앞에서 사라지라고 하는 건데, 누가 너에게 이유도 없이 내 앞에서 없어지라고 한다면 기분이 어떨까? 그것도 너보다 몇 배는 더 덩치 크고 힘센 존재가 말이야."

한 번이면 충분하다. 어린이들은 늘 약자인 상태를 경험해 왔으므로, 이후에는 고양이를 바라보는 눈이 훨씬 너그럽고 따뜻해진다. 개중엔 이렇게 말하는 어린이도 있다.

"너는 아기지? 작지? 그러니까 내가 무섭겠다."

번외, 부동산 조사 유형

동네에 몇 안 되는 단독주택이라서 호기심이 생기는 건 알겠지만 그렇다 해도, 제발 책방에 들어오자마자 집 얼마주고 샀냐고 묻지 않았으면 좋겠다.

"주변 아파트 값이랑 비슷해요."
대충 얼버무려도 부동산 탐구조사를 쉽게 멈추지 않는 사람들이 꼭 있다.

"젊은 사람이 대단하네."

결국 대화는 이런 식으로 매듭지어지지만, 딱히 칭찬으로 들리지 않는다. 무엇보다 난생처음 보는 사람에게 나의 자산에 대해 자세히 설명할 이유를 못 느낀다. 사실 자산보다 부채 비율이 높은 나로서는 쑥스럽기도 하다. 안타깝게도 내가 부유해 보였는지 집값을 묻는 손님들 대부분은 책을 사지 않는다. 어쩌면 그게 가장 문제일지도.

*이런 이야기가 누군가를 혐오하는 것에 악용되지 않았으면 좋겠다. 나 또한 누군가에게는 진상손님일지 모른다. 조심하고 조심하지만 상황을 제대로 모르기에 저지르는 실수도 있다.

평범한 아흔아홉 명의 손님보다 나를 힘들게 한 한 명의 손님이 오래 기억에 남아서 쓴 이야기다. 모든 사람들이 이런 건 아니니 오해 없기를. 오히려 골목 안쪽 찾기도 힘든 곳에 있는 책방에 애써 오셔서 마음에 썩 들지 않는 책이라도 한 권 사주신 손님들. 애쓴다, 고맙다 말해주신 따뜻한 사람들 덕분에 고양이쌤 책방은 오늘도 냥글냥글 행복하다.

어머! 고양이 그렇게 키우면 안 돼요! 조언과 오지랖 사이

책방을 연 후 이런저런 인터뷰를 할 기회가 있었다. 그중 나 말고 '고양이'를 인터뷰하러 온 적이 딱 한 번 있었다. 한겨레 신문의 '애니멀 피플'이었다. 고양이 직원의 역할을 소개하고 나와 고양이의 일상을 영상으로 보여주는 건데, 촬영을 다 하고 나니 갑자기 걱정이 밀려왔다. 영상 중에 살룻을 마당에서 산책시키는 장면이 있었기 때문이다. 애묘인들이 가장 걱정하는 것 중 한 가지가 바로 고양이 산책이다. 고양이를 산책시키는 유튜브 영상이나 인스타그램 사진 댓글에는 산책에 대한 걱정과 비난이 자주 달렸다. 다행히 내 책방이 인기가 없어 그런지 어떠한 비난도 받지 않고 넘어갔지만(정말 다행인건 가), 살룻을 산책시킬 때마다 고민이 된다. 고양이 이렇게 키워 도 되는 걸까?

고양이는 산책이 어려운 동물이다. 영역 밖으로 나가기를 겁 내고, 몸이 유연하고 머리가 작아 하네스를 빠져나오기도 쉽 다. 사람과 보조 맞춰 걷는 것도, 그렇게 훈련하는 것도 어렵 다. 그래서 갑작스런 상황이 발생해 줄을 놓쳐버리거나 하네 스를 빠져나가서 어딘가 숨어버리면 찾지 못할 수도 있다. 대 부분의 애묘인들이 고양이 산책을 반대하는 이유다. 실제 고 양이 카페에는 하네스나 목줄을 맨 채 떠돌고 있는 품종 고양 이를 발견했다는 글이 종종 올라오고, 글 아래에는 비난 댓글 이 주루룩 달린다. 나 또한 기본적으로는 그 생각에 동의한다. 하지만, 내 고양이가 산책러버라면 얘기가 달라진다.

살룻처럼 길고양이 시절을 겪었던 고양이들 중 아주 적은 숫 자로 산책(외출)을 갈망하는 아이들이 있다. 또 어릴 때부터 산책을 하다 보니 취향이 되어버린 아이들도 있다. 그런 아이 들에게는 잠깐씩이라도 산책이 필요하다. 살룻은 날씨가 좋으면 꼭 밖에 나가고 싶어 한다. 가끔 5분 정도 나가는데 마당을 넘어가지는 않아서 그리 위험하진 않다. 차가 다니는 도로변도 아니고 깜짝 놀라게 할 사람도 별로 없지만 딱 붙어 걸으며 조심조심 산책을 시킨다.

고양이가 싫다는데 억지로 유모차에 태워서, 하네스를 질질 끌면서 산책시키는 것은 나도 반대다. 또 산책 훈련을 하는 것에도 반대다. 그러나 바깥 생활을 오래 경험해서 집 안에만 있는 것에 스트레스를 받는 아이라면 철저한 관리와 안전한 환경에서 산책할 수 있다. 산책을 하다 잃어버리거나 사고를 당했을 때 가장 슬프고 힘든 것은 그 반려동물의 보호자다. 그럼에도 불가피한 사정으로 대비를 철저히 해서 산책하기로 결심한 사람이라면 그 이유를 누군가에게 일일이 해명할 필요는 없을 것 같다.

가끔 인터넷 고양이 커뮤니티를 둘러보다 보면 나는 나쁜 보호자가 된 기분이 들곤 한다. 일단 책방에서 키우는 것부터 문제다. 집이나 마찬가지라고 하지만 그래도 사업장이니 고양이들이 탈출할 우려가 있고, 퇴근해야 하니 고양이들과 함께 자지 않는다. 양치도 잘 안 해주고 목욕도 너무 지저분하다 싶으면 겨우 시킨다. 화장실도 1묘당 1개만 두었는데, 1묘당 1.5개에서 2개가 이상적이라고 한다. 화장실을 곳곳에 흩어놓지 않으면 개수가 많아도 한 개로 의식한다고 하는데, 책방 곳곳에 화장실을 널어놓자니 너무 지저분해서 다용도실에 몰아놓는다. 피곤할 때는 잘 놀아주지도 못하고, 내 일에 바빠 무신경해질 때도 있다. 1년에 한 번은 길게 여행을 가기도 하는 나는 과연 좋은 집사라 할 수 있을까.

나보다 사정이 더 안 좋은 사람들도 많다. 노동 시간이 너무 길어 집을 오래 비운다거나, 집이 너무 좁거나 낡았다거나, 돈이 없어 병원을 자주 못 데려간다거나. 그런 사람은 반려동물을 키워서는 안 되는 걸까. '돈 없으면 동물 안 키웠으면 좋겠다', '아픈 것 같다고 글 올릴 시간에 병원에 데려가라', '같이 안 자면 고양이가 너무 불쌍하다', '우리도 독일처럼 재산 조사해서 동물 키울 수 있게 하면 좋겠다'하는 글을 보면 마음이 아프다.

사정이 어렵고, 일이 힘들고, 외로운 사람들일수록 반려동물과 함께 사는 것이 유일한 행복일 수 있다. 반려동물이 주는 정신적 위안은 어마무시하다.

최근 방송인 박수홍과 고양이 다홍이의 사연을 보며 많이 울었다. 다홍이를 만나지 못했다면 죽었을지 모른다는 박수홍의 말에 '나도 그래'하고 생각한 사람들이 (나를 포함해) 정말 많을 것이다. 다홍이처럼 힘든 생을 살아온 동물들도 무한한 애정이 준비된 사람을 만나 새로운 생을 시작할 수 있다면, 조금 케어를 덜 받더라도, 큰 병이 왔을 때 치료를 받지 못하더라도, 잠시나마 행복하지 않을까.

아직 산책만큼 논쟁적인 주제는 아니지만, 올 초 반려동물에 대한 세금이 이슈가 된 적이 있다. 나는 반려동물 세금에 반대한다. 나날이 늘어가는 유기동물 문제나 중성화 사업 등에 국가 재정이 많이 필요하다는 건 알고 있다. 또 세금을 내야 한다는 사실이 무절제한 동물 입양에 제어를 가할 수 있다는 것도 동의한다. 하지만 돈이 있다는 것이 동물과 함께 살 준비가 된 것을 증명할 수 있다고 생각하지 않는다. 오히려 돈이면 다 살 수 있는 펫샵과 말만 캐터리인 곳을 단속하는 것이 문제 해결의 첫 단추다.

동물세보다 국가동물의료보험이 생긴다면 조금 비싸더라

도 당장 가입할 것이다. 내가 낸 보험금으로 사회취약계층의 반려동물들이 적은 돈으로 치료를 받게 되었으면 좋겠다. 병원비만 해결되어도 동물 유기가 줄어들지 않을까 싶다. 중성화 수술도 더 많이 시킬 것이고, 유기된 동물들의 삶도 훨씬 나아질 거라 믿는다.

반려동물에 대한 생각이 이토록 다른 것은 반려동물에 대한 인식 개선이 부족하고 잘 몰라서이기도 하지만, 각자 사랑하는 방식이 다르기 때문이기도 하다. 예전에 한 환경운동가와 얘기를 하던 중에 외출냥이가 집으로 들어오는 것을 보게 되었는데 그 아이가 임신 중이었다. "고양이가 임신했나 봐요."하니 "네, 벌써 9마리나 낳았네요."하셨다. 난 깜짝 놀라 왜 중성화시키지 않느냐고 물으려다 입을 다물었다. 오지랖이라는 생각이 들어서다. 그 아이에게 밥을 주고 낳은 새끼를 돌봐준 것은 그 환경운동가지 내가 아니다. 길에 살던 아이가 집에 들어와 새끼를 낳고 또 나가고 들어오기를 반복하는 동안 수많은 일이 있었을 텐데, 그걸 다 감당하고 함께 살았던 시간 속에 나는 없었기에 참견할 자격이 없다는 생각이 들어 말을 아꼈다.

많은 사람들이 자신의 방식대로 사랑한다. 때로는 부적절해 보이고 부족해 보이더라도 둘 사이의 사랑은 충만할 수 있다. 책에 나온 대로, 남들 하는 만큼 다 해주지 못하더라도 진짜 사랑일 수 있다. 나의 방식만 옳다고 하는 말이 조언인지 오지랖인지, 아니면 무례인지 한 번쯤 돌아보았으면 좋겠다.

고양이 직원 인터뷰

"옴마는 우리가 밥만 먹고 잠만 잔다고 옴마 덕분에 팔자 좋다고 타박하지만, 사실 그건 옴마 얘기에요. 우리 덕분에 옴마 팔자 핀 거는 다들 아실 거예요. 그리고 우리가 얼마나 바쁜데요. 우리의 하루 궁금하시죠? 자, 지금부터 공개합니다!"

룬의 하루

다들 우란이가 여기 대장인 줄 알지만, 사실은 아니야. 내가 대장이라고. 웬 줄 알아? 내가 엄마를 젤 먼저 만났거든. 엄마에 대해서는 내가 젤 잘 알아. 일단 엄마는 게을러. 책방 쉬는 날은 씻지도 않아. 이건 비밀인데 난 엄마가 안 씻었을 때 냄새를 더 좋아해.

어쨌든 엄마가 책방 대문을 여는 소리가 들리면 나는 벌떡 일어나서 마중을 나가. 특히 밥이 없을 때는 더 그렇지. 배고픈 건 잘 못 참거든.

내가 "냐~" 하고 엄마를 반기면 "우리 룬 잘 잤쪄요~"하면서 엄마는 내게 뽀뽀를 하려고 해. 그건 더 못 참지. 아무리 엄마라도 뽀뽀는 안 돼.

엄마는 고양이들에게 차례로 인사를 한 뒤, 우리들의 화장실을 치워. 청소를 한 다음 우리 밥과 물을 새 그릇에다 담아주지. 물은 정말 중요해. 난 시원한 거 아님 안 마시거든. 특히 정수기에서 막 나온 냉수는 캬! 진리라고! 엄마가 일을 시작하면 나는 낮잠을 자. 요즘은 손님이 영 안 와서 내가 할 일이 없어. 손님이 오면 이상한 인간인지 아닌지 검사를 하는 게 내 업무거든. 요즘은 애들만 오는데, 하도 날 찾아서 일부러 숨어 있어. 싱크대 수납장 안에 들어가 있으면 못 찾더라고. 조용히 숨죽이고 있다가 내가 좋아하는 애 목소리가 들리면 슬그머니

나가서 반겨주지. 미안하지만 나는 사람을 편애해. 아무나 다 좋아해주는 쉬운 고양이가 아니라고!

엄마는 날 젤 사랑해. 너무 티가 나서 모른 척 할 수가 없어. 그래서 나는 엄마가 동생들이랑 모르는 고양이들 챙기는 것도 봐줘. 어차피 엄마 사랑은 내가 제일 많이 받았으니까.

살롯의 하루

눈을 뜨면 배가 고픕니다. 어머니는 밥을 항상 가득 채워놓고 가는데 누가 다 먹는지 모르겠습니다. 전 정말 조금밖에 안 먹는데…!

손님들이 저만 보면 임신했냐고 물어봅니다. 수컷인 저로서는 매우 슬프고 황당한 질문입니다. 사실 제가 물만 먹어도 살찌는 체질이라서 딱 오해받기 좋습니다. 전 수컷이니 그런 질문은 삼가주시길 부탁드립니다. 어쨌든 어머니가 오시면 일단 "애옹~" 울면서 밥부터 차려 달라고 조릅니다. 하지만 어머니는 매번 청소부터 한 뒤에 밥 주겠다고 하거든요. 그럼 냉큼 어머니 입 속에 머리를 들이밀고 검사부터 합니다. 혼자 맛있는 것 드시고 올 때가 많아 늘 섭섭합니다.

밥을 먹고 나면 손님들을 기다립니다. 저는 큰 가방을 들고 오는 손님을 좋아합니다. 뜯기가 좋거든요. 여름에는 에나멜 재질 가방이 기다려집니다. 찹찹해서 깔고 자기 제맛이죠. 독자 여러분께도 추천드립니다. 독서모임을 할 때 손님 가방 위에서 자는 게 제 취미인데, 말하는 소리 들으면 잠이 잘 오거든요. 워낙 재미없는 말들만 하니까 말입니다. 그러다 너무 깊이 잠들면 어머니가 깨우십니다. 제 코 고는 소리 때문에 집중이 안 된다나요(자기들이 더 시끄럽게 떠들면서 말이야)? 어쨌든 좀 눈치 보여서 선잠을 조용히 자려고 노력 중입니다.

어린이 손님 중에 제 팬이 많아요. 왜냐면 저는 아무리 만져도 조각상처럼 꿈쩍하지 않거든요. 귀찮지 않냐고요? 물론 귀찮아 죽겠습니다. 하지만 말입니다. 손길을 뿌리치고 자리를 옮기는 게 더 귀찮다는 것을 알아두세요. 손길이 귀찮을 땐 명상을 하면 됩니다. '산은 산이고 물은 물이다', '이런들 어떠하리 저런들 어떠하리'하고 속으로 되뇌면 금세 잠에 몰입하게 된답니다. 제 건강 비결입니다.

우란의 하루

우선 내 책방에 온 것을 환영한다. 룬의 냄새 검사와 살룻의 가방 검사가 끝나면 나를 만날 수 있지. 어허! 어디 무례하게 손을 대! 안 되겠군. 옥좌에 올라 네 녀석들을 좀 더 지켜봐야겠어. 나는 늘 책방의 가장 높은 곳에 앉아 있어. 뭐든 내려다봐야 직성이 풀리거든. 내가 남의 밑에 자리할 때는 그때뿐이야. 궁디팡팡 시간. 인간 노예들을 부려먹지. 위에서 인간 노예들을 내려다보면 알게 돼. 누가 궁디팡팡 노예로 제격인지. 요즘은 열 살 J 군을 부려먹을 때가 가장 좋아. 녀석에게서 다른 고양이 냄새가 나는 걸로 보아 연습하고 오는 것 같아.

뭐? 책방에서 무슨 역할을 하냐고? 당연히 관리 아니겠어? 게으른 집사를 일시키려고 내가 여간 힘이 드는 게 아니야. 청소를 어찌나 대충대충 하는지 더러워 죽겠다니까. 그래서 먼지가 쌓인 구석구석에 내가 토를 해놔. 그럼 어쩔 수 없이 거길 청소해야 되니까! 오호호호! 어때? 내 덕분에 책방이 이 정도라도 유지되는 거라고.

나랑 같이 사는 녀석들은 하나같이 맘에 들지 않아. 룬 오빠야 워낙 오래 같이 살았으니 어쩔 수 없이 정들긴 했는데, 살룻이랑 랏샤라는 놈은 영 못 생겨서 정이 안 가. 고양이가 왜 그렇게 생겨먹은 거야. 무릇 고양이라 함은 나처럼 작은 얼굴에 긴 몸과 쭉 뻗은 다리, 곧고 절도 있는 꼬리와 분홍빛 말랑 젤리 정도는 있어야 하는 거 아냐? 뭐? 편견이라고? 야! 너 안되겠다. 우란이 성에 오면 우란이 법을 따라야 되는 거야. 내 책방에서 나가 줄래?

랏샤의 하루

안녕하세오. 랏샤에오. 저는 책방 막내랍니다. 저는 책방에서 일하는 게 너모 조아여. 책방에는여. 맨날맨날 사람들이 와요. 그 사람들은 다 랏샤 조아해요. 랏샤는 너모너모 기엽거던요. 근데 가끄믄 랏샤 피하는 사람덜 있어요. 내가 다가가면 에치에치 하면서 "미얀~"하고 도망가요. 왜 미안하죠? 미안하면 랏샤럴 슥슥 쓰담쓰담해주면 되넌데 말이에오.

책방에는 랏샤 업으믄 안 대여. 엄마가 '랏샤가 최고의 영업사원'이라고 그래써요. 근데 영업이 머에요? 어쨌든 랏샤는 손님이 오면 추울까바 얼렁 무릎 위에 올라가요. 그럼 곰방 따끈따끈해져요. 네? 지금 여름이라고여? 여름에도 추울 수 있잖아요! 왜냐믄 손님들은 랏샤처럼 멋진 털이 업서요. 불쌍해서 랏샤도 기찬치만 올라가주는 거에오.

랏샤는 살롯 엉아를 좋아해요. 나랑 놀아주고 같이 자줘요. 혼자 자면 무서운 꿈 꿔요. 저번에 혼자 잘 때 사마귀한테 물리는 꿈 꿨거든요. 살롯 엉아가 꿈에 나타나서 얍얍 무서운 사마귀 혼내주믄 조켔어요.

옴마한테는 쪼금 섭섭한 게 있어요. 맨날 나만 보면 스마트폰 들이대고 찰칵찰칵 그래요. 나는 옴마 눈 보고 싶고, 옴마 품에서 쓰담쓰담 받구 시픈데…. 옴마가 잘 때라도 옆에 가려고 하면 엉아들이 죄다 자리를 차지해버려요. 랏샤넌 슬프지만 옴마 팔 살짝 베고 코해요. 그때가 손님 무릎에서 코 잘 때 다음으로 햄복해오.

랏샤넌 알고 이써요. 엄마가 랏샤를 젤루 기여워한다는 걸요. 못생긴 형아들이 차별받는다고 생각할까 봐 예쁘다 예쁘다 거짓말하는 거 랏샤넌 다 아라요. 아라서 참아요. 나중에 나중에 무지개 다리 저편에서 옴마 다시 만나면 그땐 랏샤가 젤로다 이쁨받을 고에오!

책방에 들어오려거든
제물을 바쳐라!

가끔 고양이 직원들은 손님들에게 피해를 끼친다. 아니, 사실 자주 끼친다. 일단 가방이 문제다. 고양이들에게 가방은 처음 보는 새 스크레쳐가 된다. 배낭, 가죽가방, 핸드백, 천가방 등 가리지 않는다. 특히 어린이들이 들고 다니는 학원 가방이나 보조가방류를 좋아하는데 그런 가방은 색, 크기, 모양, 주인의 예민함 여부와 상관없이 어쨌든 뜯고 본다. 찰지게 뜯고 나면 곧 그 위에 둥지를 틀고 잘 준비를 한다. 아무리 가방이 자기 몸보다 작아도 개의치 않는다. 올라가지지 않을 것 같은 가방 위에도 기어코 똬리를 틀고 앉는 것이다.

특정인의 특정 가방을 선호하는 고양이도 있다. 살롯은 독서모임 회원인 C 씨의 배낭을 좋아한다. 그분이 오면 달려 나가 사람 말고 가방을 반긴다. 내려놓기 무섭게 배낭 뒤를 한 판 뜯어주고, 곧 바닥에 눕혀 위에 자리를 잡는다. 보통 독서모임 하는 내내 그 위에서 잠을 잔다. 그 배낭이 너무나 편해 보였는지 가끔은 다른 고양이가 자리를 빼앗으러 오기도 한다. 아무리 살롯이 싸움을 싫어하는 평화주의묘라고 해도 물러설 수 없는 순간은 있는 법이다. 이런 순간, 살롯은 웬만해선 양보하지 않는다. 다행히 C 씨는 살롯을 너무도 귀여워해서 가방 따윈 아랑곳하지 않는다. 아예 뜯기 좋으라고 바닥에 내려놔준다. 살롯을 귀여워하는 게 아니라 어쩌면 새 가방을 사려는 수작인지도 모르지만.

겨울이면 두툼한 외투와 롱패딩이 고양이들을 유혹한다. 나로서는 정말 긴장되는 순간이 아닐 수 없다. 외투야 나중에 털을 떼면 되지만, 만약, 혹시, 이프! 패딩에 긁긁이(스크래치라고도 함)라도 한다면!(내 텅장~!!)

학생들이 고가의 패딩을 입고 와 바닥에 벗어놓으면 얼른 교실 안에 두라고 말하지만, 학생들은 일부러 내 말을 듣지 않는다. 서로 자기 패딩에 고양이가 앉았으면 하고 신경전을 벌이기도 한다. 특히 패딩 깔개를 사랑하는 고양이는 랏샤다.

랏샤가 선호하는 패딩은 열두 살 K 씨가 입고 오는 까만색 롱패딩인데, K 씨가 롱패딩을 두루마기 펼치듯 뒤로 빼면서 앉으면 꼭 그 위에 폴짝 올라앉아 꼬박꼬박 졸기 시작해 K 씨를 오도 가도 못하게 만든다. 가끔은 K 씨 패딩 위에 우 랏샤, 좌 살룻이 떡하니 앉는 바람에 다른 학생들의 부러움을 사기도 한다. 열두 살 K 씨는 또 그게 신나서 매번 고양이들을 위해 자기 패딩을 곱게 펼쳐준다. 다행히 패딩 빵꾸사고는 아직 한 번도 나지 않았다. 내 고양이들은 정도를 아는 고양이들이었던 것이다. 비록 집사 옷은 걸레짝을 만들어도, 손님 옷만은 지켜주는 매너 고양이들!

고양이들의 관종력이 최고로 상승할 때가 있으니 바로 강연하는 날이다.

책방에서는 가끔 저자 초청 강연을 한다. 강연하는 날에는 거실에 있는 큰 책상을 빼고 창 앞에 강연석을 만든다. 독서모임 할 때는 사람들이 둘러앉는데, 강연날은 모두 한쪽을 보고 앉는다. 이런 자리 배치가 고양이들의 관심받고 싶은 욕구를 한층 끌어올리나 보다.

　네 마리가 돌아가면서 강연석에 왔다 갔다 하니 이만저만 신경 쓰이는 게 아니다. 랏샤는 평소 형, 누나에게 주인공 자리를 빼앗기다가, 사람들이 많으면 이때다 하고 더 앞에 나서려 한다. 그러다 기어코 강연자 무릎에 앉아서 꾸벅꾸벅 졸기까지….

　강연자는 내 강연이 그렇게 지겨운가 하고 땀을 뻘뻘 흘리거나, 너무 귀여워서 말문이 막히거나! 또 강연을 들으러 오는 손님들의 시선을 강탈해 집중력을 떨어뜨리는 등 피해가 이만저만이 아니다.

　다행히 고양이들 때문에 물건이 상했다거나 피해를 봤다며 따지는 사람은 없었다. 다들 피해를 입으면서도 흐뭇한 표정이다. 사실 따진다 한들 뭐 뾰족한 수는 없다. 이곳은 고양이가 사는 책방이고, 고양이보다 더 중요한 건 적어도 이곳에는 없으니까. 인간들은 마땅히 가방과 코트를 제물로 바칠 수밖에.

수입이요?
사료값도 안 나옵니다만

"사료값 벌려고 책방 하나 봐. 호호호."

손님이라곤 보이지 않는 책방이라 가끔 이런 우스갯소리를 하시는 분들이 있다. 또 앞으로 책방을 내고 싶다며 의논하러 오시는 분들마다 책방 수입을 궁금해하셨다. 대놓고 물어보는 분도 있고 돌려서 물어보는 분도 있는데, 그때마다 같은 대답을 한다.

"제 용돈 정도 법니다. 하하하."

사실 거짓말이다. 내 용돈을 더 들여서 운영 중이다.

나는 아주 진지하게 사료값이라도 나오면 다행이라 생각하면서 책방을 운영하고 있다. 책방으로서 별 매력이 없는 곳이고 고양이 때문에 까칠해진 책방 주인이 있는 곳이라 수익은 기대하지 않는다. 내가 이리 태평하게 책방을 운영할 수 있는 이유는 주 수입원이 따로 있기 때문이다.

나의 본캐는 글쓰기 강사이다. 책방지기와 독서모임 운영자는 부캐일 뿐이다. 본캐로 버는 수익으로는 주택담보대출금을 성실히 갚고 있다. 독서모임은 봉사하는 마음으로 하고 있고, 책방은 내 돈을 더 들여가며 운영 중이다. 지금은 코로나19 때문에 독서모임도 제대로 못하고 외부 손님도 받지 않고 주문만 받다 보니 수익은 제로. 초기 비용까지 생각하면 결국 마이너스인 셈이다.

책만 팔아 한두 명의 인건비와 월세를 건지는 책방이 전국에 몇 개나 될지는 모르겠다. 다만, 내 책방의 경우는 지금까지도, 앞으로도 그런 수익구조는 불가능할 것 같다. 내가 바라는 책방은 다양한 분야의 책이 구비되어 있거나, 책방지기의 훌륭한 큐레이션 때문에 문턱이 닳도록 손님이 드나드는 그런 곳은 아니다. 내 고양이가 편안하게 남은 여생을 보낼 수 있고, 길고양이들이 마당에서 잠시 쉬다 갈 수 있는 곳이길 바란다. 독서모임 회원들에게 좋은 책을 소개하고, 가끔은 책방지기가 추천하는 책에 대해 손님과 대화를 나눌 수 있는 곳이면 좋겠다. 책방 쉬는 날에는 조용히 글 쓰고 싶은 사람들에게 장소를 제공해주는 그런 곳이었으면 좋겠다.

그 바람은 이미 어느 정도는 이루었다. 물론 돈 욕심이 없는 것은 아니다. 나는 길고양이들에게 지금 주고 있는 사료를 계속 주고 싶다. 보통 길고양이들에게 주는 사료가 1kg에 4,000원 정도 한다면 나는 현재 1kg에 만 원이 넘는 사료를 먹인다. 물론 내 마당에 밥 먹으러 오는 아이들의 수가 많지 않기 때문에 가능한 일이다. 적어도 내 마당에 오는 아이들에게는 조금 더 괜찮은 밥을 먹이고 싶다.

사실 나도 팬데믹 이후 저가의 사료를 대량 구매했다. 밥 주는 게 어디냐며 스스로를 설득했는데, 길고양이들은 설득되지가 않았다. 도통 먹지를 않는 것이었다. 어쩔 수 없이 비싼 사료를 사다가 토핑을 해주니 겨우 먹었다. 저가 사료만 남으면 그릇을 엎어버리거나 며칠이고 먹질 않고 남겨두었다(부들부들).

깊은 빡침을 받았지만, 점점 비싼 사료의 비율을 늘려주고 있다. 대용량으로 사둔 저가 사료를 다 먹이면 다시 비싼 사료로 완전히 돌아가야 할 판이다. 그런데 책방 운영이 정말 어려워지면 애들이 먹든 안 먹든 사료를 바꿀 수밖에 없을 것 같다. 그래서 적어도 길고양이들 사료는 손 떨지 않고 주문할 수 있을 만큼만 책방이 잘되면 좋겠다.

책방의 수입이 늘면 하고 싶은 일이 또 있다. 통영의 길고양이와 그들을 돌보는 사람들에 대한 이야기를 책으로 만들어보고 싶다. 시(市)와 협력해서 통영 곳곳에 길고양이 급식소도 설치하고 싶고, 고양이에 대한 인식 개선 캠페인도 하고 싶다. 나는 돈 안 되는 일에 욕심이 많은 사람이다. 아이러니하게도 그래서 돈을 더 벌어야 한다. 물론 지금은 누워서 수익을 더 낼 수 있는 묘안을 생각만 하는 중이다. 내 배 위에 올라와서 꼬박꼬박 졸고 있는 고양이들의 무게만큼 책방 현실의 무게가 무겁다.

손님 하나 없는 책방에서 네 마리 고양이들은 무척이나 심심해한다. 지겨운 집사 말고 새로운 냄새를 폴폴 풍기는 사람들에 목마른 고양이들은 모처럼 정수기 설치 기사님이 방문하자 엄청 반가워하며 몸을 비비대고 냄새를 맡았다. 설치기사님도 한때 고양이를 키웠던 애묘인이라 다행이었다. 정수기 관리사님이 오실 때도 마찬가진데, 최근 생각 없이 정수기를 비대면 관리로 바꿔버려서 고양이들에게 면목이 없다.

꿈은 많지만 게으른 집사 입장에서는 지금의 책방 모습도 꽤 만족스럽지만, 고양이들은 불만이 가득하다. 팬들의 방문이 뜸하니 포즈 잡을 일도 없고, 무릎에 올라갈 수도 없고, 뜯을 가방도 없어서 영 기력이 없다. 고양이들을 위해서라도 팬데믹 상황이 좋아지면 조금 더 적극적으로 운영해보겠다는 꿈을 가져본다.

3부

냥장판이 된
마당

어쩌다 캣맘

책방 고양이 네 마리에게 마당을 주고 싶었지만 뜻대로 하기는 어려웠다. 무작정 풀어놓자니 사방이 열린 공간이라 위험했다. 또 집냥이들이라 그런지 이사 후에도 통 마당에 관심이 없었다. 어쩔 수 없이 가끔 살롯을 산책시키는 용도로만 사용하고 있었는데, 어느 날부턴가 마당에 손님이 하나둘 드나들기 시작했다.

이사 오면서 마당 데크 한쪽 구석에 독서교실에 있던 캣타워를 놔뒀다. 동네 길고양이 몇몇이 캣타워에서 낮잠 자기 위해 가끔 들렀다. 한 번 왔다 가는 뜨내기 녀석들도 있었고, 햇

살 날 때마다 들르는 단골도 생겼다. 단골들을 위해 사료와 물을 제공하자 그들은 나에게 귀여움을 지불했다. 처음에는 길고양이가 보이면 사료를 챙겨줬는데, 나중에는 보이든 안 보이든 매일 챙겨놓았다. 그렇게 나는 초보 캣맘이 되었다.

　2층에서 내려오면 데크 위를 가장 먼저 확인했다. 오늘은 누가 와서 낮잠을 즐기고 있는지, 밥은 있는지, 물은 깨끗한지 살폈다. 나를 보면 펄쩍 뛰면서 도망가던 녀석들이 점차 나랑 가까워지고 익숙해졌다. 나를 보고도 하품하거나 기지개를 켤 뿐 도망치진 않았다. 그렇다고 내가 불쑥 다가갈 수 있는 건 아니었다. 길고양이들이 사람 손을 타서는 안 되기 때문이다. 밥 주는 인간도 있지만, 때리고 죽이는 인간도 있기에.

　첫 번째 마당 입주묘 앵구 가족

　책방 마당에 놀러오는 길고양이들과 나 사이에는 언제나 2m 정도의 간격이 존재했다. 딱 그 정도의 거리를 두고 서로 바라만 보며 흐뭇한 미소와 경계심 어린 눈빛을 교환하며 잘 지내고 있었다. 그런데 어느 날. 갑자기 앵기는 고양이가 생겨 버렸다. 그 이름은 바로 앵구!

하도 "애애애앵~~~"하고 허스키한 목소리로 울어대며 애교를 부리는 바람에 앵구(통영 방언으로 고양이라는 의미)라는 이름을 붙여주고 말았다. 처음부터 애교를 떤 건 아닌데 어느 순간부터 갑자기 친한 척을 하며 비비대기 시작했다. 굉장히 험상궂게 생긴 녀석이었는데 외모와 달리 붙임성이 좋았다. 가끔은 치대도 너무 치대서 밥 주다가 앞으로 엎어진 적도 있었다.

이름을 불러주고 예쁘다고 하니까 마치 집 지키는 개처럼 마당에서 살기 시작했다. 내가 좀 늦게 나오는 날이나 본가에 가느라 며칠 집을 비우고 오면 2층 살림집 현관에 앉아 나를 기다리기도 했다. 앵구 덕분에 왠지 든든한 그런 날들이었다. 물론 막상 도둑이 들거나 내가 위험에 빠지면 못 본 척하겠지만. 그건 고양이 종특이니 기대도 안 한다. 어쨌든 그런 충직한 고양이 앵구가 어느 날 본색을 드러내고야 말았다. 부인을 모셔왔다. 자녀분들까지 함께…!

사실 이전에 앵구 부인과 새끼 세 마리를 목격한 적이 있었다.

한날은 책방 고양이 네 마리가 방충망을 뚫을 기세로 밖을 내다보고 있기에 예쁜 새라도 왔나 내다 보니 작은 삼색 고양이 한 마리가 자기 덩치 반만 한 새끼를 입으로 물어나르고 있었다. 어미는 내 눈치를 보면서 어떻게든 빨리 옮기려 서둘렀지만, 무거운지 연신 새끼를 떨어뜨렸고 녀석들은 그런 엄마 마음도 모른 채 삑삑 새소리를 내며 버둥거렸다.

속으로 '그냥 여기서 키워도 되는데….' 했지만 결국 모두 사라졌다.

그런데 며칠 뒤 비 오는 날 마당에 다시 찾아온 것이다. 비를 피하려고 그랬는지 창틀에 옹기종기 모여 앉아있었다. 주식 캔을 하나 따서 줬다. 어미도 새끼도 허겁지겁 먹었다. 많이 굶었는지 어미는 특히 홀쭉했다. 쟤들을 이제 어쩌지, 집이라도 만들어줘야 하나 마음이 심란스럽고 분주했다. 열심히 길고양이 집을 검색하며 며칠을 보냈는데 느닷없이 앵구가 나타났다. "내가 얘들 애비 되는 고양이오."하면서.

누가 봐도 아빠였다. 조그만 소리에도 깜짝 놀라서 파다닥 사라지는 아깽이들이었다. 다른 고양이가 어슬렁어슬렁 나타나면 얼른 데크 아래로 숨어 기척도 내지 않는 녀석들인데, 험상궂은 앵구 앞에서 아무렇지 않게 놀고 자는 걸 보면 딱 알 수 있었다.

고양이 세계에서는 암컷이 육아를 도맡거나 암컷들끼리 공동육아를 한다고 들었는데 잘못된 정보였는지 앵구는 육아를 아주 잘했다. 부인과 새끼들이 밥 먹을 땐 난간이나 벽에 올라 주변을 감시한다(그늘에서 쉬는 것일 수도 있다). 시시때때로 부인에게 가서 그루밍을 해준다(갑자기 19금 상황을 시도하려다 싸대기 맞기 일쑤다). 부인이 잠들면 멀찍이서 새끼들과 엄청 잘 놀아준다. 새끼들이 데크 바깥으로 떨어지기라도 하면 "으으응~" 하는 소릴 내며 얼른 뛰어가서 핥아준다. 특히 치즈냥 곁을 떠나지 않고 예뻐라 하는데, 자기 닮은 두 고등어 냥들과 약간 차별하는 듯하다. 물론 내 눈에도 앵구 닮은 녀석들보단 엄마 닮은 치즈 아가가 아주 예뻤다만.

엄마냥은 새끼들이랑 잘 놀아주지 않았다. 새끼를 낳고 젖 주는 것만으로도 굉장히 힘든지 늘 기운이 없어 보였다. 반면 아빠냥인 앵구는 애기들 가는 데마다 냥냥 거리면서 따라다니고 육탄전으로 잘 놀아주었다.

내 주변의 '사람 엄마'들은 애 낳고 젖 주고 육탄전으로 놀아주고 애 교육 알아보고 미래까지 혼자 다 감당하는 경우가 꽤 많다. 말 그대로 혼자 북 치고 장구 치고 태평소까지 불며

독박육아를 해내는 거다. 아빠가 아빠 역할 못하게 만드는 이 사회 탓이려니 하며, 기대치를 낮추고 기꺼이 고난에 찬 육아의 터널을 혼자서 맨몸으로 뚫고 나간다. 그러다 보니 때로는 육아의 기쁨보다 고달픔이 앞서고, 마음이 먼저 지쳐가는 것 같다.

이 녀석들처럼 사람도 부부가 같이 공동육아를 할 수 있다면 얼마나 좋을까? '애는 엄마가 키워야지'하는 말도 나오지 않겠지? 함께 아이를 보고, 한 사람이 밥 먹거나 쉴 때 다른 한 사람이 아이랑 놀아줄 수 있다면 이 초저출산 시대가 막을 내릴까? 육아가 얼마나 힘들고, 동시에 얼마나 즐거운 일인지 함께 경험할 수 있다면 서로를 더 이해하고 사랑할 수 있겠지? 어쩌면 부부 공동육아는 아이보다 부부를 위해서 필요한 게 아닐까.

고양이 앵구 부부가 육아하는 것을 지켜보며 한국의 부모들까지 걱정해주는 오지랖을 시전하다 보니 어느새 앵구네 새끼들이 훌쩍 커버렸다. 그즈음 나에게 노랭이가 찾아왔다.

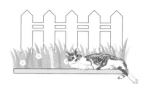

고양이랜드 비기닝

노랭이와의 첫 만남

"와 니 진짜 몬생깃네."

노랭이를 처음 만났을 때 무심코 내뱉었던 첫 마디였다. 마당을 찾아오는 고양이들에게 밥을 주며 여러 못생긴 고양이들을 두루 접해왔지만 노랭이는 그중 독보적으로 못생긴 고양이였다. 치즈들은 다 귀여운 것 아닌가 했던 나의 고정관념을 깨준 고양이 노랭.

비가 추적추적 오던 날 노랭이와 나는 처음 만났다. 앵구 가족에게 밥 주려고 나갔더니 못 보던 고양이 한 마리가 대문 근처에 앉아있었다. 나를 보고도 딱히 놀라지도 움직이지도 않고 가만히 보고 있었다.

당시 앵구 가족들이 오면 밥을 주고 다른 때는 밥그릇을 치워놓고 있었다. 혹시 마당 안에서 영역 다툼이 생길 경우 앵구 새끼들이 다치거나 쫓겨나갈까 걱정되었기 때문이다. 그런데 노랭이는 그냥 보고 넘길 수가 없었다. 너무 비쩍 말라있었고, 눈이 슬퍼 보였다. 곧바로 밥을 먹인다 해도 오래 살아남을 것 같지 않았다. 앵구 가족들이 오면 싸우기보다는 먼저 도망가겠구나 싶었다. 앵구가 순둥이지만 얘 정도는 쉽게 이기지 않을까 싶을 만큼 기운도 없어 보였기에 한 끼라도 먹이자는 마음에 밥을 주었다.

그런데 이게 웬일? 노랭이는 도망가지 않았다. 다음 날도 그 다음 날도 또 그 다음 날도 노랭이는 마당에서 나를 반겼다. 앵구랑은 인사를 텄는지 친하게 지냈다. 앵구는 처음 노랭이랑 마주쳤을 때는 약간 경계를 하며 들릴락 말락 하악질을 하기도 했다. 하지만 노랭이가 워낙 숙이고 나오니까 곧 마음을 푼 듯했다.

둘은 며칠 만에 함께 낮잠 자는 사이로 발전했다. 앵구와 달리 부인냥은 까칠해서 서로 싸우지 않을까 걱정도 했다. 다행히 앵구 새끼들이 꽤 컸을 때라 마실 나가는 시간이 많아서인지 부딪히는 일이 없었다. 새끼들도 청소년 시기에 접어드니 마당에는 밥만 먹으러 올 뿐, 바깥으로 나도는 시간이 대부분이었다. 점점 앵구 가족이 마당에 있는 시간보다 노랭이가 있는 시간이 길어지기 시작했고, 그 시간만큼 노랭이는 통통하게 살이 올랐다.

처음 만났을 때 그 비극적인 표정은 메소드 연기였나 싶을 정도로 노랭이는 발랄하고 애교가 넘치는 고양이였다. 멀리서 내가 보이면 종종걸음으로 달려와서 발라당 누워 등으로 땅을 기며 브레이크 댄스를 출 만큼 애교가 격렬했다.

노랭이는 주차된 차 위에 올라가 일광욕을 즐기거나 망을 보곤 했는데, 그러다가 내가 보이면 "꺄꺄오옹~!" 하며 지나치리만큼 반갑게 뛰어왔다. 혹시 차가 긁혔다거나 고양이 우는 소리에 잠을 깼다거나 하며 항의할 이웃들이 있을까 봐 우려되어 큰 목소리로 "어·머·넌·누·구·니·내·고·양·이·도·아·닌·데~"하며 어색한 발연기를 하기도 했다.

우리는 손 타면 안 되는 사이인데 노랭이는 선을 넘기 시작했고, 만날 때마다 심각하게 부비부비 댄스를 시전하는 통에 걷다가 넘어질 뻔 한 게 한두 번이 아니었다. 결국 그 애교댄스에 넘어가 '노랭이'라는 정식 이름까지 지어주고 말았다.

이때가 노랭이와의 첫 만남이라고 생각했던 것은 사실 나의 착각이었다. 이 글을 쓰기 위해 스마트폰 사진첩을 뒤적거리던 중, 집을 사고 얼마 안 됐을 무렵에 마당을 들락거리던 고양이들을 찍은 사진 속에서 노랭이를 발견한 것이다! 아마 녀석은 이곳저곳을 떠돌다가 내 마당에 들르게 되었고, 그때 헤헤거리며 멍한 눈으로 길고양이 사진을 찍던 나를 보고 딱 감을 잡았을 것이다.

"저 사람, 호구가 될 상이로군."

노랭이는 계획이 있었고, 난 그 계획에 감기고 만 것이다….

노랭이에게 이름을 지어줄 무렵 앵구 가족은 완전히 마당을 떠났다. 세 아이 중 한 아이는 잃었지만, 두 아이는 무사히 청소년냥으로 키운 뒤 부인이 먼저 떠나고, 새끼가 떠나고, 뒤를 이어 앵구도 떠났다. 앵구는 떠난 뒤에도 1~2주에 한 번씩은 2층 살림집 문 앞까지 찾아와 인사를 하고 가는 묘성 바른 고양이였다.

그러다 인사가 점차 뜸해지고 결국 다신 오지 않았다. 앵구는 어디 가도 예쁨 받고 잘 살 고양이니 죽었을 거라 생각하고 싶진 않다.

앵구는 내가 길고양이와도 우정을 쌓을 수 있게 만들어준 '고양이쌤 책방' 최초의 마당 입주 고양이였다. 이후로도 마당은 비어 있을 틈이 없었다. 노랭이를 비롯해 수많은 길고양이들이 내 마당에서 잠시 쉬고 허기를 채우고 마음 편히 잠을 자고 떠났다. 물론 그 때문에 가슴 아픈 일도 많이 겪게 되었지만, 길고양이에게 마당을 내주면서 그 공간이 채워지는 만큼 내 마음도 채워지는 경험을 하게 되었다.

출산의 서막

"쟤 임신한 거 아냐?"

"아니야. 내가 잘 먹여서 살찐 거지."

대수롭지 않게 넘겼는데 갈수록 이상했다. 다른 데는 말랐는데 배만 살찌는 건 좀 아니지 않나 의심이 들기 시작했고, 의심은 확신이 되었다. 배가 탱탱볼처럼 동그래지고 젖이 불었고, 날이 갈수록 애교 스킬이 늘어났다.

길고양이들이 임신하면 사람에게 의지하는 경우가 있다는 고양이 커뮤니티의 숱한 게시글을 봐왔으면서도 나는 왜 몰랐던 걸까. 어쩌면 모르고 싶었던 것 같다. 그저 마당에 오는 고양이들을 흐뭇하게 바라보며 밥만 주고 싶었지 책임지고 싶지는 않았기 때문인지도 모르겠다.

노랭이는 암컷이고, 외모와 달리 마성의 매력을 지닌 고양이였다. 남자친구가 하루에도 몇 번씩 바뀌는 걸 자주 목격하곤 했다. 대표적으로 세 마리의 남친이 돌아가면서 노랭이를 찾아왔다. 앞머리(턱시도 고양인데 검은 무늬가 뱅 앞머리처럼 생겨서), 왕머리(치즈 고양인데 정말 누가 봐도 왕머리), 칼쓰마(고등어 고양인데 점잖음. 유일하게 노랭이가 매달리는 느낌).

책방 고양이들은 노랭이가 데려오는 남자친구들과 그들 간의 밀당과 암투를 막장 드라마 보는 기분으로 구경하고 있었다. 완전 팝콘각이라며 함께 구경해놓고 왜 미처 생각하지 않았을까? 임신할 거라고, 새끼를 내 마당에 낳을 거라고는!

병원에 데려가 보라는 남편의 말을 무시하며, 노랭이의 불러오는 배를 못 본 척하며, 그렇게 식은땀 흘리는 나날이 흘러가고 있었다. 내 안에 천사와 악마가 속삭였다.

천사 : 아니야. 저건 그저 살이라고! 굶다가 영양가 높은 사료를 먹으니까 급격하게 살이 찐 거라고!

악마 : 흐흐흐. 분명 임신이야. 곧 귀여운 새끼들이 주르륵 태어날 거야. 크하하. 얼마나 귀엽겠어!

천사 : 혹시 수컷인데 잘못 본 거 아닐까? 다시 확인해 봐!

악마 : 앞에서 그렇게 굴러다니는데 못 봤다고? 없던 땅콩이 새로 생기기도 한다는 거야! 말도 안 된다고. 잘 생각해봐. 처음 왔을 때부터 알았잖아. 녀석이 임신했다고 예상했었잖아. 크크큭.

둘 다 악마인가? 누가 천사고 누가 악마인지 모르겠지만 귀여운 아깽이들을 볼 수 있다는 생각에 들뜨기도 하면서, 진짜 태어나면 마당에서 다 키울 수도 없고 입양이 안 되면 어떡하지 하는 걱정에 노랭이를 바라보며 웃었다 울었다 반복했다.

언제 새끼를 낳을지 알 수가 없으니 일단 고양이 숨숨집[1]을 씻어 말리고 소독한 뒤 깨끗한 옷을 깔아두었다. 봄이었지만 혹시 몰라 핫팩도 넣어두고.

그러던 어느 날 갑자기 노랭이가 절뚝이기 시작했다. 몸이 무거운데 어디서 뛰어내리다가 접질린 모양이었다. 임신했는데 아프기까지 하면 어쩌나 걱정되어 들쳐안고 병원으로 뛰었다. 막상 가보니 별일 아니었고 다리찜질 해주라는 진단을 받고 왔다. 이제와 드는 생각이지만, 병원 다녀온 다음 날부터는 똑바로 걸어 다녔던 걸 보아 거의 '카이저 소제'급 연기가 아니었나 싶기도 하다. 내가 자기의 묘생에 개입할 수밖에 없게 만들려는 거대한 계획이었던 건 아닐까. 어쨌든 기왕 병원에 간 김에 초음파를 했고, 곧 출산할 거고 적어도 다섯 마리 이상이라는 확인사살을 받고 돌아왔다.

운명의 날이 째깍째깍 다가왔다. 어느 날 노랭이는 퇴근하

---

1 숨는 걸 좋아하는 길고양이를 위해 따로 준비한 길고양이 전용 집

려는 나를 밀치고 유독 책방 안으로 들어오려고 했었는데, 출산이 임박해서 그랬나 보다. 다음 날 아침에 내려가 보니 마련해둔 길고양이 숨숨집 안에 여섯 마리 새끼를 무사히 출산했다. 열심히 그루밍도 해주고 있었다. 새끼 상태를 눈으로 확인하기가 어려워 폰을 집어넣어 촬영을 해서 보니 치즈만 다섯 마리였다. 아빠도 치즈였던 모양이다. 예상가는 놈(왕머리)이 있었지만 일단 그건 중요하지 않다고 생각했다(그러나 사실 그게 가장 중요한 것이었단 걸 나중에 깨닫게 된다…).

한 마리는 작고 까만데 움직임이 없었다. 이미 배 안에서 죽은 채로 태어난 것 같았다. 사람 냄새 묻으면 안 된다고 해서 고무장갑을 끼고 죽은 새끼를 꺼내 묻어주었다. 내 마당에서 죽은 첫 고양이였다. 다행히 나머지 다섯 마리는 기운차게 꼬물거렸다. 한 마리는 유독 컸고 세 마리는 고만고만했고, 한 마리가 유독 작았다.

노랭이는 젖 먹인다고 밥을 제대로 먹지 못했다. 뭘 해줄 수 있을까 고민하다 닭안심을 사다 미역국을 끓였다. 부모님께도 끓여드린 적 없는 미역국을 고양이를 위해 끓이다니! 어쨌든 내 집에서 태어난 생명을 모른 척 내버려 둘 수는 없었다. 노랭이도 날 믿고 내 집에 새끼를 낳은 거니까 꼭 모두 건강하게 잘 크길 바랐다. 그게 나에게도 좋은 일이 될 것 같았다. 그때는 정말 노랭이를 잘 도와주기만 하면 될 줄 알았다. 귀여운 아깽이들 무럭무럭 크는 것 보면서 즐거울 일만 있을 줄 알았다. 뒤에 찾아올 슬픔은 까맣게 모른 채로. 책방이 곧 냥글냥글 고양이랜드가 될 줄은 꿈에도 모른 채로.

귀여움 저장 용량이
부족합니다

봄이, 달래, 쑥이

'용량이 부족합니다'

당시 내 스마트폰은 시시때때로 용량 부족을 읍소하였다. 쓰지 않는 파일을 정리해달라고 애원했다. 불쌍해서 정리하려고 들어가 보면 한 장 한 장 다 주옥같은 고양이 사진이었기에 지울 수가 없었다. 스마트폰 저장용량에 사막화를 가져온 주범! 그것은 바로 노랭이의 아가들!

출산 직후에는 안타까운 일이 있었다. 사산된 하나를 빼고 새끼가 다섯이었는데, 이틀 지나자 세 마리가 된 것이다. 출산 다음 날 한 마리가 사라지고, 그 다음 날 또 한 마리가 사라졌다. 아마 밤에 죽은 아이를 노랭이가 멀리 물어낸 모양이었다.

노랭이는 스산한 새벽에 죽은 새끼를 물고 어디로 갔었던 걸까? 주변을 둘러볼까도 했지만 그럴 엄두가 나지 않았다. 죽은 아이를 보는 건 겁이 나기도 했고, 내가 간섭할 일이 아니라는 생각이 들었다.

노랭이의 임신이 확실해지고 출산을 돕기로 하면서 노랭이의 삶에 어느 선까지 개입할지에 대해 남편과 의논했다. 고양이에 관한 것은 모두 내 소관이었기 때문에 남편은 거의 간섭하지 않았다. 하지만 당시 남편이 휴직을 하면서 고양이 병원 가는 일을 비롯해 내 일을 많이 도와주고 있어서 자연스레 의견을 물었다.

또 가만히 두면 내가 막무가내로 일을 저지르는 걸 스스로 잘 알기 때문에 남편이 나를 어느 정도는 제어해줘야 이성을 잃지 않을 수 있었다. 나는 책방의 네 마리 고양이들을 키우는 것도 힘들어할 때가 많아서 더 묘구수를 늘이는 것은 무리였다. 게다가 룬, 우란, 살룻 세 고양이는 지병이 있어 한 달에 두

세 번 병원을 다녀야 했다. 노랭이와 노랭이 새끼 모두 내가 키울 게 아니라면 선이 필요했다.

"집과 사료, 물을 제공하되 춥다고 아프다고 책방에 들이는 일은 하지 않기! 아프면 약을 사 와서 기본적인 처치는 하되 병원에는 데려가지 않기!"

우리가 정한 규칙이었다. 그러나 남편 앞에서 강력하게 다짐을 했어도 마당에 가면 또 헬렐레 마음의 빗장이 풀려버렸다. 아깽이들은 진리라서! 룬은 7개월 즈음, 우란이는 2개월 즈음, 살롯은 3살 즈음, 랏샤는 3개월 즈음 데려온 아이들이다 보니, 갓 태어난 고양이를 처음 보는 나로서는 이성을 잠시 내려놓을 수밖에 없었다.

한번은 눈도 못 뜨고 꼬물거리는 찹쌀인절미 같은 아가들을 놔두고 열흘 정도 여행을 갔다. 나 대신 고양이들을 돌봐주던 남편이 아깽이들의 사진을 찍어 스마트폰으로 보내주었다. 사진을 보는 순간 여행이고 뭐고 집으로 돌아가고 싶어져버렸다. 내가 여행하는 동안 꼬물이들은 눈을 떴고, 고양이 숨숨집 밖으로 기어 나오려고 끼끼대기 시작했다.

세 마리의 덩치 차이가 컸다. 4월 20일 봄에 태어난 아이들이라 봄, 달래, 쑥으로 이름을 지어주었다. 가장 덩치가 큰 아이는 봄이(덩치가 커서 눈에 잘 보여서), 중간 크기는 달래(너무 많이 울어서 달래준다고), 가장 작고 약한 아이가 쑥이(쑥쑥 자라라고)였다.

봄이는 태어날 때부터 남다른 덩치를 자랑했는데, 아니나 다를까 눈도 뜨기 전부터 밖으로 기어 나오려고 땡깡을 써서 엄마를 힘들게 했다. 엄마 먹는 사료 냄새도 가장 먼저 맡았고, 역시나 그 작은 이빨로 사료를 제일 먼저 꼭꼭 부숴 먹은 것도 봄이다. 데크를 떠나 마당을 가장 먼저 경험한 것도 봄이였다. 아깽이들에게 작은 마당은 미지의 숲이나 마찬가지였다. 봄이가 비좁은 숨숨집 밖 마당으로 탈출을 노리고 있을 때 달래와 쑥이는 허피스 증상[1] 으로 눈이 많이 붓고 눈곱 때문에 눈도 제대로 뜨지 못했다. 병원에 가서 약을 처방받아와 발라주고 먹였다. 다행히 금방 좋아지는 게 보였다. 많은 길고양이

---

1 허피스(헤르페스) 바이러스에 감염되어 발병하는 질환. 대표적인 고양이 허피스 증상으로는 콧물, 재채기, 발열, 식욕부진 등이 있다.

들이 이 정도 항생제면 나을 병으로 실명하고 목숨 잃는 일이 허다하다는 게 너무나 안타까웠다.

건강해진 아가들에게 마당은 최고의 놀이터였다. 봄이와 달래는 덩치가 비슷해 사냥놀이 하기에 좋은 파트너였다. 잡초 사이에 숨은 봄이는 마치 세렝게티 초원의 사자 같았다. 잡초 뒤에 몸을 숨겼다가 달래가 지나가면 갑자기 "와앙!"하고 나타나서 깜짝 놀라게 하거나(물론 매우 어설픈 동작이다), 둘이서 정원석 사이사이를 누비며 술래잡기를 했다(물론 매우 느리다). 나무에 오르기도 하고, 남편이 애지중지 기른 꽃들을 공격하기도 하며 무럭무럭 자라났다. 그 모습을 보는 것만으로도 흐뭇한 나날이었다(물론 식물 사랑 남편은 운다).

책방 고양이들은 꼬마 고양이들을 흥미롭게 구경했다. 방충망을 사이에 두고 바깥 고양이들과 냄새도 맡고 비비기도 하며 지냈다. 노랭이한테는 하악질을 했지만, 새끼들에게는 그러지 않았다.

봄이와 달래가 특히 좋아하는 고양이는 친절한 랏샤 아저씨. 동글동글한 외모만큼 동글동글한 마음씨를 가지고 있는 랏샤를 아깽이들이 알아본 것이다. 거실창이 열리면 봄이와 달래가 달려오고, 그럼 랏샤도 마중하면서 서로 코 냄새와 엉덩이 냄새를 맡았다. 그러고 나면 랏샤는 창문턱을 괴고 앉고, 봄이와 달래는 방충망을 뜯기 시작했다.

봄이는 의지의 한국 고양이였다. 그 조그만 이빨로 매일매일 부지런히 방충망을 뜯더니 결국 자기 몸만 한 구멍을 내고 책방 안으로 들어왔다. 처음 들어온 곳인데도 봄이는 제집처럼 빨빨거리고 돌아다녔다. 반면 정작 주인인 네 마리 고양이들은 봄이를 피해 도망치기 바빴다. 안락한 실내 생활에 젖어들어 험한 야생의 삶을 잊어버린 것이다. 급하게 방충망에 테이프를 발랐지만 소용없었다. 봄이는 수시로 테이프를 뜯고 들락거렸다. 아아. 나를 망치러 온 나의 구원자, 노랭이 새끼들 같으니라구.

봄이, 달래, 쑥이와 지낸 보드랍고 사랑스러웠던 그해 봄을 기억하면 아직도 눈물이 난다. 그때 내 집에서 가장 예쁜 곳이 마당이었다. 2층 테라스에 나가 마당을 내려다보면 푸른 잔디 위에 노란 네 마리 고양이들이 보였다. 그 풍경이 아름다워서, 지금은 그 풍경을 볼 수 없어 마음이 아려온다.

행복은 빛나지만 짧다

봄이와 달래는 무럭무럭 커서 젖과 함께 베이비 사료도 오독오독 씹어먹는데 쑥이는 영 자라지 않았다. 털도 푸석하니 모량도 적고, 다리도 구부정하고 꼬리도 휘어 있었다. 봄이와 달래는 제법 고양이 태가 나기 시작했지만, 쑥이는 여전히 요다 같은 생김새였다.

못생기고 삐삐 말랐지만, 나와 남편은 쑥이를 가장 예뻐했다. 조그맣고 잘 뛰지도 못하는 녀석이 남편을 보면 좋아라 쫓아다녔다. 개구리처럼 폴짝폴짝 뛰면서 남편을 따라 달리면, 노랭이가 그걸 보고는 쫓아와서 쑥이를 물고 갔다. 그럼 쑥이는 엄마 품을 탈출해서 또 남편에게 달려가는 것이다. 그 모습이 너무 예뻐서 자주 쑥이와 잡기놀이를 했다. 작고 여리긴 하나 잘 뛰고 잘 노니 괜찮겠지, 늦자라겠지 했다.

태어난 지 한 달쯤 지났을 때, 쑥이가 설사를 하기 시작했다. 눈병이 나으면 재발하고 나으면 재발하고를 반복했는데 설사까지 하니 초조해졌다. 큰 병에 걸린 건지, 혹시 전염병인지, 치료가 가능한 병인지, 다른 애들은 괜찮을지 온갖 걱정이 들었다.

마당에 오는 길고양이들을 병원에 데려가지 않기로 마음먹었기 때문에 선뜻 나서지 못하고 망설였다. 남편에게 길고양이들의 삶에 지나치게 간섭하지 않겠노라 다짐했던 터라, 눈치를 주지 않아도 눈치를 볼 수밖에 없었다.

"몰라, 죽어도 자기 운명이지. 어쩔 수 없어."

하고 큰소리치긴 했으나, 초조함을 숨기기는 어려웠다. 나중에 내가 후회하고 힘들어할 게 뻔하다 생각했는지 남편이 먼저 나서서 병원에 같이 가자고 말했다. 나는 내심 바라던 바라 못 이기는 척 따라나섰다.

금요일 저녁이라 원래 가던 병원은 문을 닫았다. 거제도에 24시간 병원을 가야 하나 고민하던 중에 야간 진료를 해줄 수 있다는 병원을 찾아냈다. 길고양이라고 했더니 별다른 검사 없이 약을 지어줬는데, 별 차도가 없었다. 결국 다음 날 거제도에 있는 24시간 병원에 가서 입원시켰다.

거제도 병원에 데려가기 전에 길고양이고 증상이 이런데 병원을 데려가야 할지, 데려간다면 돈이 얼마나 들지 먼저 문의했다. 의사가 할 수 있는 말이라곤 "병원으로 데리고 와라. 진료를 해봐야 안다." 이 말뿐이란 걸 뻔히 알면서도 망설인 이유는 단 하나 돈 때문이었다.

이전 해에 우란이가 갑작스럽게 간부전과 지방간이 와서 통영에서 치료가 안 돼 부산에 있는 고양이 전문병원에서 입원 치료를 한 적이 있었다. 그해 거의 천만 원 가량을 고양이 병원비로 썼다. 고양이 몫으로 적금을 들어오고 있었지만 그 돈이 크게 도움이 되지 않았다. 지금까지도 그 입원 치료비의 액수는 남편에게 비밀로 하고 있다. 돈을 많이 썼다고 타박할 사람은 아니지만, 그래도 그냥 미안해서다. 남편이 2만 원짜리 화분만 사도 "화분이 그렇게 비싸나?"하고 물었던 나였기에 양심의 가책이 들었다. 어쨌든 그때 처음으로 병원비 무섭다는 생각을 했고, 내가 길고양이를 위해 그 정도 돈을 쓸 수 있는가, 스스로 묻고 또 물을 수밖에 없었다.

입원한 쑥이는 자기 몸만 한 바늘을 꽂고 수액을 맞았다. 마당에서는 기운 없이 웅크리고만 있었는데 병원이 싫었는지 내가 다가가면 벌떡 일어나 있는 힘을 다해 빽빽 울어댔다. 자기를 어서 꺼내달라고 졸라대는 것 같았다.

수의사 선생님도 "애기야~"하고 부르면 달려와서 울어댄다고 했다. 활력은 있는데 도통 먹지를 않으려 한다고. 너무 약하게 태어났기에 적극적 치료도 어렵다고 했다. 별다른 처치도 하지 못하는 상황이라 수액을 빼고 강제급여를 멈추면 아마도 죽을 거라고 했다. 나는 결심을 해야 했다.

쑥이가 입원한 뒤 노랭이는 나만 보면 울어댔다. 원래 잘 울지 않는 녀석이 마치 내 애기 어딨느냐 묻는 것처럼 나를 가만히 쳐다보며 울었다. 어쩌면 내가 그렇게 느끼고 싶었던 것 같다. 나는 쑥이를 퇴원시킬 이유가 필요했다. 입원비가 무서웠고, 퇴원하더라도 앞으로 보살필 자신도 없었다. 입원실에서 혼자 죽도록 놔두는 것보다는 엄마 품에서 보내주고 싶었다. 그렇게 열하루 만에 쑥이는 마당으로 돌아왔다.

쑥이는 마당에 돌아오자마자 빼액빼액 울며 엄마 품으로 달려들었다. 수의사 선생님은 열흘이나 지나 엄마가 젖을 안 물릴 수도 있다고 걱정했지만, 쑥이가 달려들자마자 노랭이는 누워 젖을 먹였다. 출산한 지 두 달이 넘어 거의 빈 젖이나 다름없었다. 영양분이 없기에 그걸 먹는다고 쑥이가 건강해질 수는 없었다. 하지만 쑥이는 기운차게 젖을 빨았고, 엄마 옆에서 잠들었다. 엄마가 어딘가로 가려고 하면 등 위에 올라타서 떨어지려고 하지 않았다. 엄마 젖 외에는 어떤 것도 먹지 않고 그렇게 일주일을 보낸 뒤 쑥이는 결국 무지개 다리를 건넜다. 사산된 아기를 보내는 것과는 달랐다. 쑥이를 보내면서 나는 처음으로 애정을 가진 고양이의 장례를 치르게 되었다.

동물의 사체는 아무 데나 묻거나 버리면 안 된다. 버릴 때는 일반 쓰레기봉투를 이용해야 하고, 아니면 동물병원에 비용을 주고 처리를 맡기거나 화장을 해야 한다. 그러나 정이 든 동물을 쓰레기봉투에 버리는 건 힘들었고 화장을 하기에는 너무 작은 아이였다. 남편과 의논 후 우리는 쑥이를 마당의 가장 큰 나무인 금목서 아래 묻어주었다. 금목서는 통영에서 많이 볼 수 있는 나무인데, 10월 초가 되면 황금빛 작은 꽃들을 화려하게 피워낸다. 온 동네가 상큼한 꽃향기로 가득 차면 작고 소중했던 쑥이가 떠오른다. 황금빛 꽃 색깔이 꼭 쑥이를 닮았다.

삐삑 마당 정원이
초과되었습니다

너 배가 왜 그래!

마당에서 봄이와 달래, 노랭이까지는 돌보겠다 마음먹으면서 봄이, 달래의 이름을 바꾸었다. 둘이 너무 닮아서 보통 헷갈리는 게 아니었다. 남편은 신체적 특징을 따서 봄이는 한발이, 달래는 양발이로 부르자고 했다. 봄이는 앞발 중 한쪽만 흰 양말을 신었고, 달래는 앞발 둘 다 흰 양말을 신었기 때문이다. 나도 그쪽이 훨씬 정이 가는 이름이라 찬성했다.

그해 여름은 유독 비가 자주 내렸고, 가을까지 태풍이 이어졌다. 비가 올 때마다 마당 입주묘들의 숨숨집 앞에 우산을 받쳐두곤 했는데, 비바람이 치면 우산이 날아가고 숨숨집 안까지 비가 들이쳤다. 축축한 집에 들어가기 싫고 바람이 무서우니까 세 마리 모두 창턱에 올라가서 비를 피하다가 내가 보이면 큰소리로 울어댔다.

그 모습을 보면 마음이 약해져서 책방 현관으로 긴급 대피를 시켰다. 박스로 임시 화장실을 만들어주고 바닥이 차가울까 봐 헌 옷과 배변패드를 여기저기 깔아주었다. 다음 날 현관을 열면 태풍이 여기로 지나갔나 싶을 만큼 난장판이 되어있었다. 화장실은 엎어져 바닥에는 모래가 날리고, 배변패드와 옷은 다 찢어져 있고, 화분의 흙을 파서 똥을 싸놓기도 했다.

"다시는 안에 들어오게 하나 봐라!"

투덜대고 분노하지만, 비가 오면 또 눈물을 머금고 박스 화장실을 만들고 있는 나!

그래도 고마운 마음이 있었는지 녀석들이 보은을 하기 시작했다. 딱히 뭘 바라고 한 일도 아닌데 말이다. 이왕 보은을 할 거라면 1등 당첨 로또를 주워오면 좋겠지만, 안타깝게도 녀석들이 준비한 선물은 쥐였다. 그래 그 쥐 말이다. 회색에 꼬리가 길고 귀여운 까만 눈을 가진 쥐….

 이미 그런 사례들을 여러 애묘인들의 증언을 통해 알고 있던 나는 놀란 표정을 짓지도, 왜 그랬냐고 수선을 떨지도 않았다. 난리 치고 소리 지르면 좋아하는 줄 알고 더 잡아온다는 정보를 몰랐다면 큰일 날 뻔했다. 섭섭하지 않게 칭찬을 하거나 먹는 흉내를 내주라는 애묘인의 글을 읽은 적도 있으나 나는 아직 그 정도로 고양이를 사랑하는 것은 아니었는지 도저히 그렇게는 못하고 말았다. 대신 아주 차분하게 남편 보여줄 사진을 찍은 후 모른 척했다.

 남편에게 좀 치워달라고 했더니 "고양이는 네 소관."이라며 냉정히 거부했다. 어쩔 수 없이 마당 고양이들이 모두 마실을 나갔을 때를 노려 안경을 벗고(흐리게 보고 싶었다), 고무장갑을 끼고 빗자루와 삽을 이용해 조용히 사체를 처리했다.

 그런데 이게 웬일? 다음엔 새를 잡아왔다. 그래 그 새 말이다. 아름다운 목소리로 내 아침을 깨우고 나무 열매를 콕콕 집어먹으며 우아한 초록 깃털을 자랑하는 귀여운 새! 그것도 아기새. 잔인한 맹수들이 아기새를 잡아온 날에, 남편은 그 새를 꼭 닮은 어른 새들이 뒷마당에서 구슬프게 울더라는 증언을 남겼다.

그날은 이성을 잃고 "이노무 고양이 새끼들!"하고 빗자루를 들고 혼냈지만, 다음에 또 쥐를 잡아온 걸로 보아, '이 인간이 새는 별로고 쥐가 마음에 든 모양'이라고 해석을 한 듯싶다. 참새 한 마리, 쥐 한 마리가 추가로 희생을 당한 후 다행히 더는 선물을 갖고 오지 않았다.

사실 당시 쥐의 희생보다 더 큰 위기는 노랭이의 심상찮은 배였다. 출산 후 반쪽이 됐던 노랭이의 배가 어느 날부터인가 조금씩 부풀어 오르기 시작한 것이다. 수유 기간이 끝나면 TNR[1]을 해줄 예정이었는데 출산 후 두 달 쯤 되니 배가 커진 듯해 보였다. 남편은 임신을 의심했지만, 나는 젖을 먹이고 있는데 무슨 임신이냐고, 내가 아무리 임신을 안 해 봤지만 그 정도는 안다고 큰소리쳤다. 남자라 모른다며 무시하기도 했다. 역시 남편 말 안 듣는 못된 버릇을 고쳤어야 했다고 뒤늦게 후회해봤자 소용없었다. 고친다 한들 노랭이의 두 번째 임

---

1 길짐승을 포획(Trap)해 중성화(Neuter)한 다음 원래 있던 곳에 방사(Return)하는 것.

신을 막을 수는 없었겠지만 말이다.

　수의사 선생님께 수유 중에도 임신이 가능하다는 청천벽력과 같은 말을 듣게 되었다. 어째서 그런 비합리적인 일이 고양이에게 벌어질 수 있단 말이냐! 결국 출산한 지 석 달 만에 노랭이는 두 번째 출산을 하게 된다. 4월 20일에 첫 출산을 하고 7월 26일에 두 번째 출산을 했다는 것은 고양이의 임신 기간으로 보았을 때 첫 출산 후 한 달 만에 임신을 했다는 계산이 나온다. 이 왕머리 놈! 이 짐승 같은 놈! (아참 짐승 맞지….)

　내가 왕머리(노랭이 남친 중 머리가 아주 큰 치즈 고양이)를 지목한 것은 다름 아니라 노랭이가 또 치즈만 여덟 마리를 낳았기 때문이다. 당시 동네에 돌아다니는 치즈 고양이는 왕머리 밖에 없었으므로 또 왕머리가 아빠인 게 분명했다. 이는 내가 목격을 한 바인데, 출산한 날 아침 새끼 여덟 마리를 놔두고 노랭이가 사라졌다. 첫 출산 때는 새끼들 곁을 떠나지 않고 경계를 했기 때문에 이상한 일이었다. 노랭이를 찾다 골목 바깥쪽에서 울음소리가 나서 가보니, 노랭이가 왕머리를 때리고 있었다. 한발이도 옆에서 아빠가 맞는 것을 지켜보고 있었는데, 내 생각엔 노랭이가 왕머리에게 "이제 새끼는 네가 키워라!"하고 멱살을 잡고 있었던 것이 아닌가 싶다.

수유 중이라 안심하고 왕머리의 출입을 허용했던 나의 불찰이었다. 왕머리를 쫓았어야 하는데 그래도 아빠라고 한발이와 양발이가 어찌나 좋아하는지 밥이나 먹고 애들이랑 놀다 가라고 놔뒀던 것이 한이다. 노랭이는 얼마나 힘들었을까. 저 조그만 몸으로 출산한 지 얼마 됐다고 여덟 마리 새끼를 배 안에서 또 키웠으니.

태어난 새끼들은 아주 작았다. 과연 다 살아남을 수 있을까 싶을 정도로 약해 보였다. 장마에 태풍에 견딜 수 있을까. 예상대로 매일 한 마리씩 사라지고 결국 다섯 마리가 남았다. 첫 출산 때처럼 약해지거나 죽은 아기를 노랭이가 멀리 물어낸 것 같았다. 남은 다섯 마리는 어떻게든 살려서 입양 보내야겠다고 생각했다. 노랭이와 한발이, 양발이는 내가 마당에서 계속 돌볼 거라고 마음먹었지만, 여덟 마리는 무리다. 내가 힘든 것도 있지만, 결코 마당에서 모두 행복할 수 없으리라는 것을 쑥이를 통해 배웠기 때문이다. 아무리 잘 돌봐주어도 길에서의 삶은 녹록치 않다. 어른 고양이에게도 힘든 삶인데, 연약한 새끼들이 잘 살아낼 리가 없었다. 너무 예쁘지만, 그래서 볼 때마다 눈물이 났다. 너희를 다 어쩌면 좋을까.

우당탕탕 형제 육아

노랭이가 이상했다. 집 안에 있는 새끼들을 계속 구석진 곳으로 물어날랐다. 마당 구석의 창고에는 안 쓰는 물건들과 목재 등을 마구잡이로 쌓아놓아서 위험하기도 했지만, 깨끗하지가 않았다. 여름이라 비가 자주 와서 습기도 많이 찼다. 그런 곳에 새끼들을 놔두니 피부에 곰팡이가 생기기 시작하고 허피스 증상이 나타났다. 눈을 겨우 뜬 새끼들이 눈곱 때문에 눈이 붙어버렸다. 그대로 심각해지면 실명이 될 수도 있기에 깨끗한 수건으로 닦이고 안약을 넣어야 하는데 구석으로 들어가버려 치료도 힘들고 낫지도 않았다. 노랭이는 숨기고 나는 또 찾아서 꺼내놓고 하는 실랑이가 벌어졌다. 나를 믿고 내 집에 새끼를 낳았으면서 왜 그러는 걸까?

혹시 내가 쑥이를 병원에 데려가느라 오랫동안 떨어뜨려 놨던 기억 때문일까 싶기도 했다. 그렇게 또 어딘가로 멀리 데려가버릴까 봐 나를 피하는 걸지도 모르겠다고 짐작했다. 아니면 그냥 너무 힘들어서 제대로 된 판단을 못 내리나 싶기도 했다.

새끼들을 정말 잘 돌보던 노랭이였는데 두 번째 출산이 너무 힘들었는지 기운 없이 누워있는 때가 많았다. 첫 출산 때는 새끼들 똥을 보기가 힘들었는데, 두 번째에는 데크 여기저기서 똥이 발견됐다. 노랭이가 그루밍도 배변 유도도 잘 해주지 못하니 새끼들 상태가 좋지 않았다. 젖도 영양분이 없는 것 같았다. 저러다 다 잘못되면 어쩌나 걱정이 커질 때쯤 그들 형제가 나섰다.

한발이와 양발이가 새끼들을 돌보기 시작한 것이다! 세상 경력 4개월도 안 되는 녀석들이 꼬물거리는 동생들과 힘 빠진 엄마가 안쓰러웠는지 적극적으로 육아 전선에 뛰어들었다. 한참 놀 때인 캣초딩들이 마당 놀이터도 끊고 동생들 그루밍에 배변 유도에 놀이 상대까지 해주었다. 그렇게 철없이 온 동네를 뛰어다닐 때는 언제고 마치 인생 2회차, 아빠 경력 3회차 정도의 수완을 보이며 동생들을 잘 돌봤다. 동생들이 좀 크면서 한발이와 양발이 등에 올라가서 뛰고 매달리고 긁고 해도 점잖게 참아주었고, 밤이면 춥다고(한여름인데?) 동생을 꼭 끌어안고 잠들었다. 그러다 힘들면 같이 엄마젖도 먹고. 어쨌든 노랭이가 한결 수월해졌는지 더는 새끼들을 숨기는 행동을 하지 않았다.

특히 한발이의 동생 사랑은 정말 대단했다. 비가 오면 책방 거실 창으로 얼굴이 제일 꼬질꼬질한 동생을 데려와 애타게 울어댔다. 동생만이라도 들여보내달라는 것처럼. 언제나 그 작전은 내게 통했다. 밖에 나가보면 동생들은 비를 피할 수 있는 숨숨집 안에 있고, 한발이와 양발이는 비를 맞고 울고 있었다. 그런 모습을 보고서 측은지심이 안 들면 내가 사람이라 할 수 있겠는가! 또다시 책방 현관으로 고양이들을 대피시키고 다음 날 와장창창 난장판이 된 현관 안을 이 꽉 깨물고 치우는 수밖에.

한발이는 어딜 가든 동생들을 데리고 다니면서 나름의 교육도 시켰는데, 가장 주력하는 분야는 방충망 뜯기였다. 끝나지 않는 고통을 겪던 방충망에는 여기저기 한발이가 뚫어놓은 구멍들이 있었다. 몸집이 작을 때는 그 구멍으로 들락날락했었지만 덩치가 커서 더는 들어오지 못했다. 그러자 동생에게 방충망 클라이밍법, 구멍 뚫는 법, 들어가서 책방 고양이 놀라게 하는 법 등을 전수했다. 수제자 예쁜이(새끼들 중 유일한 중장모에 오동통해서 예쁜이라 불렀다)는 종종 구멍으로 들어와 랏샤 아저씨와 인사하고 살룻 아저씨 앞에서 깝죽거리다가 솜방맹이를 맞곤 했다. 우란이와 룬은 이미 도망가고 없고!

이렇게 귀여운 것들을 매일같이 보는 나는 행복했을까? 당시 내가 남편에게 보낸 카톡을 보면 가장 많이 하는 말이 "배고파."와 "밥 줘."였고, 다음으로는 "힘들어."와 "아파."라는 말이 많았다. 책방을 낸 지 3년째였는데, 일이 정말 많았다. 독서모임 운영, 책방 운영, 글쓰기 수업 등으로 매주 정기적으로 150여 명의 사람들을 만나서 이야기를 나누었고, 한 달에 20~30권의 책을 읽고 발제를 하고 교재를 만들었다. 책방 지원 사업에 지역 축제 기획까지 겹쳐 온전히 쉬어본 적이 없었다. 내 일만으로도 하루가 모자란데, 고양이들 일까지 겹쳐 자는 시간조차도 마음을 놓을 수가 없었다. 남편이 휴직을 하던 중이라 가사 일을 도맡아 하면서 책방 청소와 서류 업무, 또 책방 고양이 병원 데려가는 일 등을 도와주었기에 겨우겨우 해나갈 수 있었지 그렇지 않았으면 아마 과로로 쓰러졌을지도 모른다.

쓰러지지는 않았지만 진짜 쓰러질 만큼 힘이 들었다. 몸이 아픈 것보다 나 자신에 대한 미움이 더 컸다. 나는 어쩌자고 책임도 못 질 일을 벌였을까. 내 한 몸도 못 챙기는 사람이 다른 생명을 어떻게 돌본다고 이러는 걸까. 책방 고양이 네 마리한테도 잘 못 해주면서 이제 마당에 여덟 마리까지 다 어쩔 건가. 내가 애니멀 호더도 아니고! 입양을 못 보내면 어떻게 해야 하나. 이런 생각들에 자책하게 되고 고양이를 볼 때마다 괴로웠다.

그렇게 밤새 잠을 설치고도 다음 날이면 마당으로 달려가 아장아장 걸어오는 노랭이 새끼 시즌 2들을 향해 스마트폰을 들이대고 사진을 찍었다. 저 세상 귀여움에 홀려 전날의 걱정은 또 까맣게 잊은 채로. 그들의 생존 전략인 귀여움은 나를 좀비처럼 일으키고 또 일으켰다.

"그래! 난 할 수 있어! 꼭 건강하게 키워서 가족을 찾아주자!"

두 주먹 불끈 쥐고 당차게 결심하고 또 결심했다.

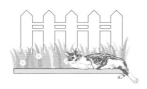

길고양이 키우는 데도
온 마을이 필요하다

지나가던 과객이오만

그날도 아무 생각 없이 침을 흘리며 젖을 먹고 있는 노랭이 새끼 시즌 2들의 사진을 찍고 있었다. 찍다 보니 갑자기 '뭔가 이상한데?'하는 생각이 들었다. 두 눈을 비비고 찍은 사진을 들여다보니, 이게 뭐야! 새끼 중 한 마리가 지나치게 덩치가 컸다! 얼른 고개를 들고 보니, 못 보던 녀석이 뻔뻔스럽게도 노랭이 새끼인 척하며 젖을 먹고 있는 게 아닌가!

아니, 저 녀석은 도대체 누구란 말인가? 덩치는 한발이만 한 것이 비슷한 또래로 보였다. 한발이, 양발이와는 이미 친구를 먹었는지 아무렇지 않게 사냥놀이도 하고 낮잠도 즐기고 있었다. 설마 쟤도 왕머리의 새끼인가 하는 생각이 뇌리를 스쳤다. 동네를 치즈밭으로 일군 원흉 왕머리 녀석을 언젠가는 잡아서 땅콩을 그냥 확!(부들부들)

　다음 날도 또 다음 날도 낯선 녀석은 떠나지 않고 노랭이 가족들과 함께 있었다. 지나가던 과객인 줄 알았는데 눌러앉아 버렸다. 노랭이도 녀석을 차별하지 않았다. 젖도 먹이고 그루밍도 해주며 살뜰히 돌봐주었다. 나도 더이상 쫓아낼 명분이 없었다. 자세히 보니 노랭이 가족들과는 생김새도 좀 달랐다. 뭔가 좀 모자라 보이는 외모를 자랑하고 있었고, 몸은 청소년인데 얼굴은 벌써 어른이었다.

　얘를 뭐라고 부를까 고민하다 지나가는 과객처럼 나타난 출처(?) 모를 녀석이니 '이방인'이라 부르기로 했다. 노랭이 가족과는 달리 사람 손을 타지는 않았다. 내가 오면 도망가고, 2m 안으로 접근하는 걸 허락하지 않았다. 나 또한 이방인에게 그렇게 정을 주고 싶지 않았다. 지금 있는 애들만으로도 힘들었기 때문이다.

만약 이방인이 노랭이의 심기를 불편하게 한다거나, 한발이나 양발이와 싸우고 동생들을 괴롭혔다면 나는 가차 없이 쫓아냈을 것이다. 그러나 이방인은 모자라 보이는 외모와 달리 아주 지혜로운 편이었다. 생존의 기술을 알고 있다고 할까?

일단 눈치가 빨랐다. 밥을 먹어도 맨 나중에 먹고, 비가 와도 숨숨집 안에는 들어가려고 하지 않았다. 또 한발이, 양발이와 함께 동생 육아 전선에 적극적으로 합류했다. 동생들 그루밍부터 시작해, 한참 걸음마를 떼고 쫄랑쫄랑 다니는 동생들을 따라다니며 보디가드를 섰다. 모기나 벌레가 동생들 주변에 날아오르면 얼른 쫓아주거나 잡아먹었다. 잘 때는 마치 첨부터 자기 동생이었던 것처럼 두 발로 꽉 안고 잤다. 신기한 건 동생들도 거부감 전혀 없이 이방인에게 폭 안겨 있다는 것이다. 진짜 핏줄인가 의심스럽기도 했으나, 그건 별로 중요한 게 아니었다.

문제는 이방인의 인싸력이었다. 이 녀석이 온 이후로 못 보던 고양이들이 눈에 띄게 늘었다. 동네에서 부모 잃은 고양이 연합 회장직이라도 맡았던 것인지, 우리 마당을 기웃대는 녀석들이 늘어났다. 보통 청소년쯤 되는 애들이었다. 와서 잠깐 밥 먹고 가거나 이방인, 한발이, 양발이와 놀다 갔다.

어느 날은 창밖을 보다가 갑자기 또 뭔가 이질감이 느껴졌다. 자세히 보니 흰둥이 녀석 하나가 노랭이 젖을 먹고 있었다. 동네에 흰색 페르시안으로 보이는 녀석이 종종 돌아다니곤 하는데 그 녀석 새끼인지 아닌지는 몰라도 온몸이 흰 단모 고양이였다. 아직 2개월도 안 된 완전 아깽이였는데 눈곱이 낀 눈에 피부 곰팡이까지 상태가 좋아 보이지 않았다. 그래서일까. 노랭이는 자기 새끼들 사이에 섞여 젖을 먹는 흰둥이를 내치지 않았다.

노랭이는 왜 이방인에 이어 흰둥이까지 가족으로 받아준 걸까? 이방인은 같은 치즈라 헷갈려서 그랬다 쳐도 흰둥이까지 받아준 것은 좀 놀라웠다. 고양이 세계에서는 흔한 일인지 몰라도, 인간 관점에서는 특별하게 여겨졌다.

노랭이 가족들은 다른 고양이들에게 관대함을 보일 때가 많았다. 물론 험악한 성묘 수컷 고양이가 나타나면 있는 힘껏 도망가는 녀석들이지만, 상대적으로 온순한 인상의 성묘 수컷이나, 덩치가 작은 고양이들에게는 가리지 않고 친절함을 보였다. 밥을 먹어도, 자기들 집에서 자도, 마당에서 놀아도 싫어하지 않고 어울렸다. 풍부한 먹이 때문에 생긴 관용일지, 아니면 길고양이끼리의 연대감인지 나로서는 알 길이 없었다. 다만 그 모습이 보기 좋았다. 나보다 약한 존재에게 관대하고, 가진 것을 스스럼없이 나누는 모습을 보는 것만으로도 마음이 따스해졌다. 물론 내가 사준 집과 사료로 생색내는 거지만….

아무튼, 또 마당에 온 길고양이에게 이름을 지어줘버렸다. '흰둥이'. 흰둥이는 이방인과 함께 노랭이 가족과 섞여 살기 시작했다. 흰둥이는 야생성이 살아있었다. 나를 보면 하악질을 하기 일쑤고(내 집인데…), 약이라도 발라주고 싶어 손을 뻗으면 자비 없이 할퀴었다. 하아! 약 바르기 싫으면 아프지 말든가.

이로써 책방 마당은 정말 말 그대로 냥장판이 되고 있었다. 노랭이, 한발이, 양발이, 이방인, 새끼 다섯 마리, 흰둥이까지. 책방 안의 넷까지 합치면 자그마치 열네 마리 고양이가 복작복작하는 그야말로 냥글냥글 책방이 되어갔다.

츤데레 이웃들

이쯤 되면 이웃의 눈치를 보지 않을 수 없었다. 마당에 고양이 열 마리가 와글와글 대는 것만도 눈치가 보이는데, 녀석들이 마당에만 있는 게 아니라 대문 바깥을 나돌아다니니 자꾸 사람들 눈에 띄었다(그것도 전부 비슷하게 생긴 치즈 고양이들이). 큰 애들은 한참 호기심에 장난기가 많아져서 온 동네를 누비며 주차된 차에서 슬라이딩하고, 나무를 타고 오르며, 남의 집 담 위를 유유히 걸어 다녔다.

다행히 이 녀석들은 싸우거나 큰 소리를 내는 법은 없었지만, 처음 보는 길고양이들이 집 주변에서 싸우는 때가 잦았다. 먹이가 늘 풍부한 우리 집 마당을 놓고 영역 다툼을 벌이는 것 같았다. 특히 새벽마다 울어대는 통에 나와 남편은 몇 번을 자다 깼다. 심하게 싸우면 한밤중이라도 뛰어나가 싸움을 말렸다. 이웃들이 책방 마당에 사는 고양이라고 오해하고 싫어할까 봐 겁이 났기 때문이다.

하루는 마당 청소를 하고 있는데, 앞집 빌라에 사는 아저씨가 나오셔서 화난 목소리로 물었다.

"이거이거, 이 집 고양이요?"

후다닥 나가 보니, 한발이가 길 한중간에 누워 가슴 털을 쓱쓱 문지르며 그루밍하고 있는 게 아닌가. 내 고양이라 해야 할지, 길고양인데 좀 아는 사이라고 해야 할지, 모르는 고양이라고 시치미를 떼야 할지 내적 갈등을 하느라 바빴다.

"어… 어… 그게 저…."
"거, 참 이래 예쁜 고양이가 다 있네. 허허. 함 만져봐도 돼요?"

이러시는 게 아닌가.

"네, 애가 순해서 괜찮아요. 하하."

나는 얼른 대답했다. 아저씨는 한발이를 쓰다듬으며 "하 참 니 예쁘네."하셨다. 놀란 가슴을 쓸어내리며 역시 경상도 말은 억양만으로 판단하면 안 된다는 것을 다시금 깨달았다. 다행히 집 주변 이웃들은 고양이들에게 무관심하거나 관대했다.
환경미화원 아저씨도 고양이를 좋아하는지 청소하면서 슬

쩍슬쩍 마당 안을 들여다보곤 하셨다. 한 번은 살룻을 산책시키고 있는데, 그 모습이 너무 신기하셨던지 마당 안으로 성큼 들어오시면서 물었다.

"그건 뭐요? 개요? 너구리요?"
"아…. 그게 고양인데요."
"허 참 저런 고양이가 다 있네."

아마 샴고양이를 처음 보셔서 그런 것 같다. 남편은 살룻이 너무 뚱뚱해서 놀라신 거 아니냐며 놀렸다. 쳇! 이후로도 환경미화원 아저씨는 마당 고양이들을 구경하느라 우리 집 주변은 유달리 천천히 청소하셨다. 덕분에 다른 곳보다 훨씬 깔끔해졌으니 개이득, 아니 고양이이득이라 해야겠다.

또 한번은 이런 일도 있었다. 대문 옆에 누가 햇반 그릇을 계속 버리고 가서 도대체 누구냐며 짜증을 냈는데, 알고 보니 옆집 아주머니였다. 햇반 그릇에 닭가슴살을 담아 노랭이에게 주고 계셨던 거다.

앞집 빌라에 사는 커플이 참치 간식을 주는 모습도 목격했다. 어쩐지 사료가 줄어드는 속도가 느려진다 했더니 노랭이네 가족들은 맛있는 간식을 여기저기서 얻어먹고 다녔던 것이다. 주변 이웃들은 내가 밖으로 나오면 모른 척하지만, 몰래 내다보면 다들 마당을 들여다보며 흐뭇한 미소로 노랭이와 새끼들을 구경하곤 했다.

사실 모르는 사람이 집 안을 들여다보면 기분이 나쁠 수도 있지만, 나는 나름대로 꿍꿍이가 있었다. 마당에 고양이들이 대식구로 불어난 때인지라 저렇게 귀여워하다 혹시 한 마리 데려가겠다는 사람이 나오지는 않을까 내심 기대했다. 안타깝게도 단 한 차례의 입양 문의도 없었지만….

우리 동네에 고양이 좋아하는 이웃만 있는 건 아니다. 비둘기를 몰고 다니는 할머니도 계신다. 처음 목격했을 때 나는 백설공주를 보는 줄만 알았다. 재활용품 수집을 위해 이곳저곳 살피며 갈지(之) 자로 걸어오는 할머니를 따라 비둘기 스무 마리 정도가 날아오고 있었다. 할머니가 쭈그려앉아 재활용품을 찾으면 비둘기들도 내려앉아 주변을 걸어 다니고, 할머니가 이동하면 함께 후드득 날아서 따라갔다. 마치 보디가드들처럼.

그러던 어느 날 할머니는 이불을 털고 있던 나와 눈이 마주쳤는데, 갑자기 비둘기들에게 화를 내며 말씀하셨다.

"이것들이 와 이래 따라다니노!"

할머니는 팔목에 동여맨 쌀 봉지를 달랑거리며 빠른 걸음으로 골목을 돌아나가셨다. 비둘기들은 황급히 그 뒤를 따라갔다. 비둘기와 친한 아빠를 봐온 나로서는 그저 낯익은 모습일 뿐이었건만, 나에게 들킨 것 같아 부끄러우셨던 모양이다.

노랭이가 두 번째 출산을 하기 전엔 이런 일도 있었다. 본가에 간다고 2박 3일 집을 비운 적이 있었는데, 다녀와 보니 노랭이 가족이 사라지고 없었다. 며칠을 기다려도 오지 않아서 영영 떠난 건가 싶어 서운했다. 사료도 넉넉히 부어주고 갔는데 잠시 집을 비웠다고 사라져버린 건가 배신감마저 들었다. 장을 보러 나갔다 온 남편의 한마디는 나를 더 서운케 했다.

"노랭이 봤다. 다른 집에서 밥 먹고 있던데?"
"뭐? 어디 있던데?"

"건넛집 주택에서 한발이랑 양발이랑 다 같이 밥 먹고 있던데…."

남편과 함께 그 집에 가서 몰래 담 안을 들여다보았다. 정말 그곳에 세 마리가 다 있고, 스티로폼 집까지 만들어져 있는 게 아닌가!

"잘 됐다, 뭐. 이제 그 집에서 살겠지! 난 몰라!"

겉으로는 속 시원한 척 했지만 속으로는 온갖 생각이 다 났다. 왜 그 집에 갔는지, 뭐가 마음에 안 들었는지, 내가 집 비웠다고 화가 난 건지, 100m도 안 되는 곳에 있으면서 인사도 안 오다니 괘씸하기도 했다. 그래도 계속 밥을 부어 두었다. 사실은 꼭 돌아오길 바라는 마음으로 사료까지 '고오급(!)'으로 바꾸었다. 결국 며칠 안 돼서 셋 다 마당으로 다시 돌아왔다 (사료 때문이 아니다. 내가 보고 싶어 온 것이다. 나는 그렇게 알고 있다).

그렇게 건넛집 주택과는 약간의 라이벌(?)이자 협력자가 되었다. 내가 잠시 집을 비울 때는 왠지 안심이 되었다. 사료가 떨어져도 며칠은 그 집에서 밥 얻어먹을 수 있겠지 생각하니 얼굴 한 번 본 적 없는 이웃인데도 정답게 느껴졌다.

이후에도 노랭이 가족은 그 집에 자주 놀러 가서 자고 오곤 했다. 지나가다 한발이가 제집처럼 마당에 쭉 뻗고 누워있는 걸 본 적도 있다. 그 집 주인으로 보이는 분들은 사랑스러운 눈빛으로 한발이를 가만히 지켜보고 계셨다. 고양이를 싫어하지 않는 것만도 감사한데, 밥을 주고 잠자리를 내어주는 이웃이 있다는 건 정말 행운이었다.

물론 문제도 있다. 너무 예뻐해서 생기는 문제라고 할 수 있는데, 할머니들이 먹다 남은 생선을 모아다가 먹이는 것이었다. 길고양이를 예뻐하는 마음에 모아오셨을 테지만, 참 뭐라 말하기 힘든 순간이었다. 생선을 먹는다고 금방 탈이 나는 건 아니겠지만, 짜게 간이 되었다면 고양이에게는 좋지 않을 것이다. 또 생선뼈를 물고 들어와서 데크 여기저기 흘려놓는 통에 벌레가 끼는 것도 문제였다. 그래도 주지 말라는 말씀을 단호하게 드리지는 못했는데, 다행히 고양이들이 잘 먹지 않고 헤

집어놓기만 해서 그런지 스스로 그만두셨다.

　마당 고양이들에게 가장 위험한 건 사실 그런 간식이나 생선뼈가 아니라, 먹다 남은 치킨이었다. 치킨을 먹고 남은 뼈를 치킨 상자에 넣어 그대로 버리면 고양이들은 상자를 찢어서 남은 치킨을 뜯어 먹고 뼈를 여기저기 흘려놓았다. 또 상자가 뜯어지니 주변이 지저분해졌다. 고양이들이 쓰레기를 뒤져서 더러워진다고 타박하는 사람이 생길까 봐 볼 때마다 치워도 소용이 없었다.

　한 번은 대문 앞에 서 있는데 빌라에서 한 남자가 치킨 박스를 들고 나와서 내가 보는 앞에서 버리고 가는 것이었다. 너무 황당해서 아무 말을 못 했지만, 있는 힘껏 째려봐주었다. 고양이가 쓰레기를 뒤져서 환경을 더럽힌다고 미워하는 사람들이 많다. 쓰레기봉투 안에서 음식물 냄새가 날 경우 고양이가 뒤질 수 있다. 남편은 닭뼈나 조개껍질을 버릴 때 못 쓰는 비닐로 한 번 싸서 일반 쓰레기봉투에 버린다. 그렇게 하면 냄새가 덜 빠져서 고양이들이 봉투를 뒤지지 않기 때문이다. 함께 살아가면서 서로에게 피해를 주지 않는 방법은 없다. 의도하지 않아도 우리는 때때로 서로에게 민폐가 된다. 고양이와의 공존도 마찬가지다. 고양이가 불순한 의도로 쓰레기를 뒤지는 게 아니라는 걸 안다면, 뒤지지 못하게 막는 것은 사람의 몫이 될 수밖에 없다.

　양념이 된 치킨과 닭뼈는 고양이에게 나쁘다. 내가 보는 데서 먹으면 뺏기라도 하는데, 안 볼 때 먹는 건 방법이 없었다. 결국은 이것 때문에 나는 또 한 차례 큰 어려움을 겪게 된다.

4부

후회 없이
사랑한다는 말

입양 전선으로 나간 아이들

여행은 내가 갈게, 입양은 누가 갈래?

하루하루 자라는 새끼들을 보면서 나의 불안도 함께 자랐다. 악몽을 꾸다 깨는 밤이 잦았다. 무언가에 쫓기는 꿈이었다. 아니, 꿈이 아니더라도 매일 쫓기는 기분이었다. 노랭이의 첫 출산 때도 힘들었지만, 그건 예고편일 뿐이었다. 그땐 낭만이라도 있었다. 걱정도 됐지만, 꼬물이들이 너무 예뻐서 그만큼 행복하기도 했다. 두 번째는 실전이었다.

너무 바쁘기도 했다. 연말이 다가오면서 책방의 각종 지원 사업 업무를 처리하느라 여유가 없었다. 작은 책방은 책만 팔아서는 운영하기 어렵다. 특히 '고양이쌤 책방'처럼 관광지나 번화가에 있는 책방이 아닌 경우는 더 그렇다. 끊임없이 모임이나 행사를 열어야 그나마 다음 책을 들여놓을 돈을 마련할 수 있었다. 책방을 열기 전부터 독서모임을 운영하고 있어서 매주 한두 개의 모임이 있었다. 또 지역 축제와 연계해서 작가 초청을 준비하고 있었기에 정말 바빠도 너무 바빴다.

그 와중에 양발이가 또 아프기 시작했다. 어느 날 사타구니를 심하게 핥고 있길래 왜 저러나 하고 살펴보니 생식기가 빨갛게 부어 있었다. 병원에 데려갔더니 염증이 심각했고 신장에도 문제가 있었다. 치료를 하더라도 재발할지 모르니 실내에서 돌보고 처방 사료를 먹여야 한다고 했다. 당시 룬이와 우란이의 몸 상태가 좋지 않았기 때문에 책방 안에 양발이를 둘 수는 없었다.

임보처를 구하겠다고 말하고 집으로 돌아와서 인스타그램에 글을 올렸지만, 사실 자신이 없었다. 새끼도 아니고 5개월 된 고양이를, 그것도 아파서 평생 돌봐야 하는 고양이를 누가 임보하겠는가. 새끼도 입양이 안 되는데 언제 입양될 줄 알고! 태어날 때부터 보아온 나조차도 망설이는데 어떤 사람이 그런 결정을 할 수 있겠는가. 노랭이의 두 번째 새끼들 입양글도 올리기 시작했지만, 그 아이들의 미래도 어둡게만 느껴졌다. 또다시 이런 일이 일어나면 안 되겠기에 노랭이는 서둘러 중성화 수술을 시켰다. 지난번처럼 시기를 놓치기 전에. 두 번째 출산을 한 지 한 달 반쯤 지났을 때였다.

입양도 임보 신청도 없었다. 하루하루 달력에 X표를 치는 마음으로 기다렸으나 문의조차 오지 않았다. 다행히 병원에서 잘 돌봐주신 덕분에 양발이의 상태는 좋아지고 있었다. 병원에서 함께 생활하는 고양이 중 덩치 크고 순한 치즈 한 마리가 있었다. 그 친구 이름이 오복이라, 병원에서는 양발이를 칠복이라고 부른다고 하셨다. 달래에서 양발이로, 또 칠복이로 수차례 개명했지만, 언젠가는 하나의 이름으로 정착하기를 간절히 기도했다.

입양 글 올린 지 17일이 지났을 때 드디어 새끼를 입양하고 싶다는 문의가 왔다. 인스타그램 DM을 받고 남편과 덩실덩실 춤을 췄을 정도로 기뻤다. 게다가 이왕이면 두 마리를 입양하고 싶다! 고양이를 처음 키워본다는 게 마음에 좀 걸렸지만,

흔쾌히 보내겠다고 했다. 당시 약간의 호흡기 질환을 앓고 있어서 입양 전까지 약을 먹이고 1차 접종도 해놓기로 했다. 정식으로 입양계약서를 쓰고 입양자에 대해 여러 가지를 알아봐야 했지만, 입양 보내는 게 급해서 이것저것 따지고 싶지 않았다.

입양에 급했던 이유가 한 가지 더 있었다. 남편이 휴직 중일 때 함께 여행을 가기로 했기 때문이었다. 1년 전부터 적금을 들고 티켓팅을 하고 여행 계획을 다 세워놓았다. 10일 동안 집을 비울 예정이었다. 그동안 책방 고양이 돌봄을 부탁하는 건 어렵지 않았지만, 마당에 사는 길고양이를 누군가에게 부탁하기는 어려웠다. 새끼들이기도 했고, 여기저기 돌아다니고 데크 밑에 숨기 일쑤니 약을 먹이고 바르는 건 아무래도 어려운 일이었다. 그래서 두 마리라도 입양을 보내면 다행이지 싶었다. 입양자가 서울에 살고 있었기 때문에 인천공항 가는 김에 데리고 가서 입양자를 공항에서 만나기로 약속했다.

그런데 남편이 문득 반기를 들었다. 자기는 그 입양자가 신뢰가 가지 않는다고 했다. 주변에도 입양을 기다리는 고양이가 많을 텐데 굳이 통영의 고양이를 입양하겠다는 것도 이해가 안 간다고 했다. 또 싫다는 남편을 설득해서 입양하기로 했다는 말도 마음에 걸린다고 했다.

사실 우리도 고양이 때문에 많이 싸우고 힘든 시간을 보냈다. 남편은 그냥 내가 키우고 싶다니까 데려왔는데, 생각보다 털이 너무 많이 빠지니까 굉장히 힘들어했다. 본인이 겪었던 일이라 그런지, 입양자의 남편도 분명히 받아들이기 힘들어할 거고, 만약에 파양하면 어떡할 건지 나에게 물었다. 당연히 나에게 그런 상황은 입력되어 있지 않았기에 할 말이 없었다. 마지막으로 그 사람이 인천공항으로 나오지 않으면 어쩔 거냐고 물었다.

"엥? 그럴 수도 있다고? 설마 우리가 여행가는 걸 아는데 그런다고?"

"그런 상황도 생각해야지. 만약 안 나오면? 우린 비행기 타야 하는데 고양이 어쩔 건데? 거기 버릴 거야? 최악의 상황도 생각해야지."

옳다. 옳았다. 지난 세월 남편 말 안 듣고 겪었던 수많은 고난이 뇌리를 스쳐 지나갔다. 게다가 새끼들이 보이지 않았다. 사진 찍어 입양자에게 보여주기로 했는데, 비가 오니 구석에 숨었는지 도통 찾을 수가 없었다. 이틀 더 기다려도 보이지 않길래 입양자께 급히 메시지를 보냈다.

"죄송한데, 애들을 찾을 수가 없고, 이렇게 비가 오니 찾아도 애들 상태가 좋지 않을 것이 뻔합니다. 5시간 넘게 버스를 태워가는 것은 무리니 직접 오셔야 할 것 같습니다."

그는 주말에 데리러 오겠다고 선뜻 약속했지만, 결국 오지 않았다. 입양 약속도 어려울 것 같다며 취소했다. 역시 걱정했던 것처럼 남편과 완전히 합의가 되지 않았다는 이유였다.

결국 다시 도돌이표. 여행 날짜가 다가올수록 될 대로 돼라 싶었다. 몰라! 다 그냥 마당에 살든지! 운명대로 살다가겠지! 자포자기하는 마음이었는데, 그랬는데!

독서모임 회원 E 씨가 가장 상태가 좋지 못한 막둥이를 입양하고 싶다고 하셨다. 아…, 죽으라는 법은 없구나. 그분은 이미 길고양이 한 마리를 입양해 키우고 계셨고, 가까운 곳에 살고 내가 정말 믿는 분이니 그저 발밑에 엎드려 성은이 망극하다고 말하고 싶었다.

참 염치없지만, 열세 마리 고양이들을 E 씨에게 맡기고 여행을 가기로 했다. 여행 가기 전 한발이와 이방인은 마당에 놔두고 노랭이와 새끼 고양이들을 몽땅 잡아서 책방 다용도실에 감금했다. 흰둥이와 다섯 마리 새끼들을 데리고 병원에 가서 치료도 하고, 1차 접종도 했고 사상충약까지 발랐다. 일단 예정된 여행은 가야 하니까 더는 걱정하지 않기로 했다. 나도 할 만큼 했고, 나에게도 휴식이 필요하다고 합리화했다. 내가 다녀오는 동안 집안에서 지내면 몸이 좀 좋아질 것이고, 그때 다시 입양 전선에 보내보자 생각했다. 하지만 언제나 그렇듯 운명의 여신은 내 편이 아니었다. 인생은 예측불허, 그리하여 생은 그 의미를 갖는… 게 아니고 생은 슬픔이 된다고!

텅 비어버린 마당

"쌤, 고양이들이 다 탈출했어요!"

여행 도중 E 씨에게 책방 다용도실에 잡아두었던 노랭이 가족들이 방충망을 뜯고 탈출했다는 문자를 받았다.

다용도실에는 작은 창문이 하나 있는데, 잘 열리지도 않는 문을 기어코 열고 방충망까지 뜯어서 탈출했다고 한다. 비도 오고 태풍도 부는데 왜 꼭 그래야만 했니. 노랭이와 큰 애들은 마당에 있는데 새끼는 한 마리만 보인다며, 여기저기 찾아봐도 보이지 않는다고 했다. 괜찮다고, '어쩔 수 없죠. 하하.' 하고 답장을 보냈지만, 괜찮지 않았다. 돌봐야 할 고양이가 한두 마리도 아니고 무려 열네 마리인 주제에 여행은 무슨 여행인가. 그냥 평생을 고양이 옆에서 100m 이상 떨어지지 말고 딱 붙어살아야지, 건방지게 비행기를 타고 여행을 가! 고양놈! 고양이의 신이 나를 야단치는 악몽에 시달리느라 여행을 충분히 즐기지 못한 채 통영으로 돌아왔다.

흰둥이와 새끼 네 마리가 사라지고 예쁜이라 부르던 한 놈만 남아있었다. 며칠 주변을 돌아보았지만 보이지 않았다. 괜히 다용도실에 가둬두어 겁을 먹고 사라진 건지, 약을 먹이고 바르는 게 무서워 도망간 건지, 연일 이어지는 비와 태풍을 이겨내지 못하고 죽은 건지 알 수가 없었다.

데크 밑에서 뿅 나타나겠지. 아니면 노랭이가 어디 풀숲에 숨겨놨겠지. 창고 깊숙하게 있어서 안 보이는 거겠지. 간절히 기다렸지만 아무도 돌아오지 않았다. 어디선가 충실한 집사를 만났기를, 아니면 캣맘이나 캣대디를 만났기를, 그것도 아니면 친절한 어른 고양이를 만났기를 기도할 수밖에 없었다.

나쁜 일이 있으면 좋은 일도 있어서 나쁜 일이 있었다는 것조차 금세 잊어버리는 게 인간의 생존 방법이다. 다섯 마리가 사라진 건 아팠지만, 기쁘게도 두 마리의 입양 소식이 날아들었다. 먼저 병원에서 한 달 넘게 지내고 있던 양발이를 병원 손님 중 한 분이 입양하기로 했다는 연락이 왔다. 병원에서 지내고 있던 중 양발이는 중성화 수술을 하게 되었는데, 개복을 해보니 요도가 비틀어진 기형이었다고 한다. 방광과 신장이 약한 데다가 요도까지 기형인 아이라니 정말 입양은 끝났구나 싶었다고. 그런데 양발이의 사정을 들은 한 손님이 어차피 자기 아이랑 증상이 비슷하니 밥도 약도 1묘분만 더 늘이면 된다면서 입양 의사를 밝힌 것이다.

세상에는 멀쩡한 고양이를 털 빠진다, 운다, 냄새난다 등의 이유로 버리는 사람도 있다. 하지만 아픈 고양이를, 게다가 나을 가망성이 없어 평생 보살펴야 하는 고양이를 부러 입양하는 사람도 있다. 그래서 사람들이 세상에 희망을 못 버리는가

보다. 나보다 더 기뻐한 수의사 선생님은 양발이의 새로운 묘생이 시작되는 선물이라며 지금까지의 입원비와 수술비, 약값을 받지 않겠다고 하셨다. 대신 나에게는 매달 병원에서 쓰는 고양이 화장실용 펠릿을 두 개씩 보내 달라고 했다. 그전에 구조해서 데려왔던 고양이 사상충 약값이라 여기라고 하셨다. 나에게 책임질 기회를 주신 것이라 고맙게 그러겠다고 했다.

두 번째 입양 소식은 원래 막둥이를 입양하기로 했던 E 씨가 남은 예쁜이를 데려가겠다고 결정한 것이다. 당시 책방 고양이들 상태도 괜찮았던 때라 입양이 안 되면 그냥 내가 입양하려고 이름도 정식으로 금동이라고 지어주고 책방 안에 데리고 있었던 차에 입양 의사를 밝혀오셨다. 보내려니 아쉬운 마음도 있었지만, 다행이라는 마음이 더 컸다. 사실 금동이를 책방에서 키우려면 노랭이랑 한발이, 이방인이랑 떼어놓아야 하는데 그게 쉽지 않을 거라 걱정이었다. 워낙 동생을 애지중지 키운 형아들이고, 하나밖에 남지 않은 새끼와 헤어져야 하는 노랭이의 마음이 어떨지 생각하면 금동이만 입양한다는 게 옳은 일일지 고민이 되었다. 책방 안에 들여놓자 노랭이와 한발이,

이방인이 돌아가면서 창가에 와 울어댔다. 그럼 금동이도 달려가 방충망을 사이에 두고 이산가족 상봉을 하는데 내가 굉장히 악당이 된 것 같아 불편했다. 계속 이렇게 지낼 수 있을까 걱정했는데 다행히 입양을 가게 된 것이다.

　입양 날 E 씨와 함께 병원에 가서 2차 접종을 해주고, 안약과 사료도 한 봉지 사주었다. 쓰던 거지만, 금동이가 좋아하던 집과 고양이 전용 난로도 챙겨보냈다. 잘 부탁한다고 보내고 나니 기분이 이상했다. 정말 마당이 텅 비어버린 것이다. 노랭이는 한동안 계속 새끼를 찾았다. 나를 보면 뛰어와 울어댔고, 현관 안을 수시로 기웃거렸다. 그래도 계속 보이지 않자 서서히 잊어가는 것 같았다. 금동이도 새로운 집에서 새엄마와 새로운 형을 만났다. 금동이는 낯가림 없이 형에게 잘 다가간다고, 잘 먹고 잘 잔다고 입양자가 연락해왔다. 태어난 지 두 달 반밖에 되지 않았으니 새로운 환경에 금방 적응한 것이다. 적응이 빨랐던 만큼 잊는 것도 빠를 것이다. 엄마도, 형들도, 나의 마당도, 나도.

이 풍진 세상을 만났으니

노랭이 가족 통장을 만들다

냥글냥글 복작대던 마당에 달랑 세 식구만 남았다. 노랭이, 한발이, 이방인. 이방인은 여전히 내가 가까이 오거나 만지는 걸 허락하지 않았지만, 나를 보면 일어나 반기고 울어댔다. 예전에는 경계하듯 울었지만, 점점 애교 섞인 목소리로 울었다. 한발이와 이방인은 절친이 되어 어딜 가든 함께 가고, 함께 먹고, 함께 잤다. 냥춘기가 지난 수컷들이라 발정이 나면 어딘가 떠나겠지 싶었는데, 도통 그럴 생각이 없어 보였다.

왜 그들은 여친을 사귀지 않는 걸까? 일단 둘 다 수컷 고양

이로서의 매력이 별로 없는 것 같았다. 고양이계에서 미남이라
함은 일단 머리가 커야 한다고 들었다. 인간으로 치자면 강호
동 '서타일(!)'이 미남인 것이다. 그런데 한발이와 이방인은 머
리 크기와 몸의 비율로 볼 때, 송중기나 박보검에 가까웠다(얼
굴 말고 비율만). 인간이었으면 환영받았을 비율인지 몰라도
고양이로서는 영 아니었다. 성격은 나름 좋은 편이었다. 특히
한발이는 갈수록 동네 인싸가 돼서는 친구들을 마당으로 데
려오는 때가 많았다. 그런데 데려오는 애들마다 수컷이었고
치즈였다. 아마 먼 친척뻘 되는 애들인지도.

　가끔 이상한 장면을 목격하기도 했다. 이방인과 한발이 사
이에 묘한 기류가 흘렀다. 아무래도 이방인은 한발이를 사랑
하는 것 같았다. 한발이는 별생각 없어 보이는데, 이방인이 한
발이를 바라보는 눈빛이 가끔 뜨거워질 때가 있었다. 종종 낯
뜨거운 포즈를 취하다가 한발이에게 얻어맞고 물러나는 장면
이 포착되기도 했다. 나는 고양이계에도 동성애가 있는 건지
궁금해 검색을 해보기도 했으나 딱히 얻을 수 있는 정보는 없
었다. 친구인지 연인인지 모르겠지만, 어쨌든 둘은 가까운 사
이였고 나는 열린 마음으로 둘의 관계를 존중했다(안 그럼 어

쩔 거냐). 서로서로 보듬고 잘 살아가면 될 일이니 굳이 그들의 관계에 호기심을 가질 필요는 없지.

한발이와 이방인은 함께 멀리까지 모험을 떠나는 경우도 있었다. 주변에 산도 없는데 도깨비 가시나 검댕 같은 걸 잔뜩 묻혀 오기도 했다. 이방인은 잡히지 않아 내버려 두었지만 한발이는 눕혀서 가시를 하나하나 떼주었다. 물을 틀어놓고 씻길 때도 있었다. 그래도 싫다고 반항하거나 할퀴는 경우가 없었다. 그만큼 순한 아이였다.

이방인은 어릴 때와 달리 점점 사교성을 잃어갔다. 동네 고양이들과 쌈박질을 하는 때도 점점 잦아졌다. 나름 노랭이와 한발이를 지켜주는 건가 싶기도 했다. 하지만 며칠 지켜보니 만만한 작은 고양이들하고만 싸우지, 일진냥들이 오면 누구보다 빠르게 바람처럼 자취를 감추었다. 싸우는 것도 소리만 컸지, 도망 다니는 때가 더 많았다. 정말 위급한 상황에서는 노랭이 뒤에 숨기 일쑤라 안전에 별 도움이 되지 않았다. 세상 순한 한발이, 전투력 제로 노랭, 목소리만 큰 이방인. 결국 일진냥들이 마당을 습격하면 내가 빗자루 들고 뛰어가는 수밖에.

녀석들은 너무 겁이 많아서 잎새에 이는 바람에도 화들짝 놀라곤 했다. 어떤 날은 내려가니 노랭이가 정말 불쌍한 표정으로 나를 바라보고 있었다. 왜 그러냐고 다가가니, 홱 돌아서서 마당으로 내빼버렸다. 그러곤 또 뒤돌아보고 앵~ 울고, 다가가면 또 벌떡 일어나 도망가는 것이었다. 마치 따라오라는 것처럼 그 행동을 반복했다.

홀린 듯 따라갔더니, 자기들 밥그릇 있는 데로 데려갔다. 세상에, 민달팽이가 잔뜩 붙어 셋 다 밥을 못 먹고 있었다. 야생 고양이들답지 않게 민달팽이조차 두려워하다니…! 사실 나도 두렵지만, 녀석들의 애절 눈빛에 못 이겨 한 마리 한 마리 손으로 떼주었다. 그런데 민달팽이의 액이 묻은 밥은 안 먹겠다고 고개를 돌려서 결국 밥그릇을 깨끗이 씻고 새 밥을 주어야 했다.

이런 녀석들이니 험한 세상을 과연 살아낼 수 있을까. 고개가 저절로 절레절레 흔들어졌다. 수의사 선생님께 입양을 상담한 적이 있었는데, 선생님은 묘하게 웃으시면서 그냥 순리대로 하라고 하셨다. 집고양이들은 나름의 행복이 있고, 길고양이들도 짧지만 자유롭게 살다가는 거니 그것도 나쁘지 않은 생이라고 하셨다. 선생님은 아마 아셨던 것 같다. 내가 능력에 비해 너무 많은 생명을 거두려 한다는 것을.

"그래도 화수 씨는 좋은 보호자에 들어가요."

격려(?)해주시는 말에 힘을 받아 결심했다. 녀석들만은 내가 지켜주자고. 넷이나 일곱이나 그게 그거라고 굳게 마음을 먹었다. 순화되지 않은 이방인 때문에 책방에 들이지는 못하지만, 마당에서 책방 고양이랑 똑같이 먹이고 재우고 병원에 데려가면서 함께 오래오래 같이 살겠다고 다짐했다.

그때, 고양이쌤 책방도 코로나19 때문에 셧다운이 됐다. 나도 남편도 일을 쉬게 되었다. 주머니 사정은 나빴지만, 나는 쉬는 게 정말 오랜만이라 오히려 마음이 편했다. 마당을 깨끗이 치우고, 마당 고양이들을 위해 더 큰 고양이 숨숨집을 만들기 시작했다. 책방 고양이 네 마리와 우리 부부, 마당 고양이 셋. 이렇게 살았던 게 6개월 정도 되는데 그때가 내가 꿈꾸던 삶과 가장 비슷한 모습이었다.

아침에 일어나 책방 고양이들 밥, 물, 약을 챙겨주고 나서 잠깐 책 읽으며 시간을 보냈다. 남편과 텃밭을 돌보며 노랭이, 한발이, 이방인과 놀아주었다. 점심 먹고 커피 한 잔 마신 후 책방 고양이들 털도 빗기고, 낚싯대 장난감도 지칠 때까지 흔들어주었다. 저녁 먹기 전에 동네를 산책하며 길고양이들을 만나면 사료나 츄르 간식을 챙겨주기도 했다. 저녁 먹은 후 책방에 조용히 앉아 고양이들을 쓰다듬으며 내가 만난 고양이들에 대해 글을 썼다. 딱 좋았다. 더도 말고 덜도 말고 지금만 같았으면 했다. 앞으로 10년만 이렇게 걱정 없이 살고 싶었다. 오랜만에 내일에 대한 염려 없이 잠들던 한때였다.

통장을 하나 만들었다. '노랭이 가족'이라는 이름의 적금 통장을. 나는 나중에 책방 고양이들이 늙고 병들었을 때를 대비해 '고양이 통장'이란 이름으로 늘 적금을 들고 있다. 그건 책방 고양이들 몫이니 노랭이 가족을 위한 통장을 하나 더 만든 것이다. 예방 접종, 중성화 수술은 그때그때 돈을 쓰면 된다. 하지만 한 번 크게 아프면 어마어마한 돈이 들어가는 상황이 올 수도 있다. 그때 돈 때문에 아이들을 포기하지 않기 위해서는 미리 준비를 해두어야 했다. 그런데 그 돈을 장례비용으로 쓰게 될 줄은 그땐 미처 상상하지 못했다. 노랭이 이름이 찍힌 통장을 보며 그저 행복한 미래만 꿈꾸었다.

174

길고양이도 행복한 동네

뒷마당에 작은 텃밭을 일구면서 동네를 오가는 고양이들을 많이 보게 되었다. 평소 보던 애들도 있었고 처음 보는 애들도 있었다. 호기심에 차서 한참씩 마당을 들여다보던 고양이들은 막상 우리가 무서웠는지 밥을 먹으러 들어오지는 않았다. 그래서 시작된 동네 고양이 산책. 텃밭의 풀을 뽑다가 지루해지면 츄르와 사료 봉지를 들고 산책을 나섰다.

우리 동네에는 고양이가 꽤 많다. 원룸 건물 중간중간 작은 화단이 곳곳에 있어 고양이가 숨거나 배변하기 좋다. 그래서인지 고양이가 많아도 고양이 똥을 한 번도 본 적이 없다. 동네 주민들이 고양이에게 우호적이라서 그런지 어슬렁어슬렁 돌아다니거나 편안하게 차 밑에 누워 자고 있는 고양이가 자주 눈에 띈다. 가끔은 장모종 고양이도 만나게 되는데, 그런 녀석들은 보통 꼴이 좋지 않다. 길에서 태어난 것 같지는 않은 모습이다. 털이 떡져 있거나 피부병이 심해서 보고 있기가 힘들었다. 잡히면 치료라도 해줄 텐데, 그런 고양이들일수록 사람을 피한다. 오히려 전형적인 코숏(코리아 숏헤어) 고양이들이 친화적인 경우가 많다. 장모 고양이들은 버려진 기억 때문에 사람을 싫어하는 게 아닐까 짐작했다.

　상태가 아주 좋은 페르시안 고양이를 만난 적이 있다. 덩치
도 컸고, 털도 푸석하긴 했으나 엉킨 데 없이 풍성했다. 녀석은
우리 집에 종종 밥 먹으러 오는 치즈 고양이랑 싸우고 있었는
데, 하도 소리가 커서 말리러 나갔다가 목격하게 되었다. 날 보
더니 쌩하고 도망을 가버렸다. 누가 또 버린 고양인가 싶어 안
타까워 찾으러 다녀봤는데 보이지 않았다.

　다음 날 뒷마당 옆 빌라 주차장에서 자고 있는 녀석을 발견
했다. 부러 깨우지 않고 조심히 살살 살펴보았다. 다친 데 없
이 상태가 좋았다. 이후로도 자주 눈에 띄어, 종종 불러보았
다. 그때마다 경계하고 도망가길래 그냥 모른 척해 주었다.

　그러다 어느 날은 혼자 동네 고양이 산책을 하던 중에 녀석
을 다시 만나게 되었다. 그런데 녀석이 도시락 가게에서 밥을
먹고 있는 게 아닌가! 다가가 보니 60대 정도로 보이는 가게
주인 부부가 녀석에게 밥을 주고 쓰다듬고 계셨다. 반가운 마
음에 "혹시 키우는 고양이인가요?"하고 물었다. 아주머니는
주춤거리다 가게 안으로 쏙 들어가버리시고, 아저씨는 "어…

어…. 그게 아니고….”하며 당황하셨다. 아마 길고양이 밥 주지 말라고 항의하는 사람일까 봐 경계하시는 듯했다.

“고양이가 너무 귀여워서요. 제가 주변에 사는데 자주 봤던 애거든요.”

그제야 아저씨는 의기양양한 목소리로 말씀하셨다.

“얘가 아주 말을 잘 들어. 야! 이리 와.”

밥 먹고 있는 고양이를 막 끌고 와서 나에게 만져보라고 하셨다. 나만 보면 도망가던 녀석이 아저씨가 약간 거칠게 잡아끄는 데도 아무렇지 않게 다가와서는 기지개를 쭉 펴고 발라당 누웠다. 내가 다가가 쓰다듬어도 아무렇지 않아 했다.

아저씨 말로는 원룸에서 누가 키우다가 밖에 버리고 갔는데, 다른 집에 사는 커플이 밥 주면서 3개월 넘게 돌보았다 한다. 자기들이 데려가 키우려고 집 안에 놔뒀는데 고양이가 계속 탈출하는 바람에 어쩔 수 없이 데려가지 못했다고 한다. 결국 다시 길 위에서 살게 되어 이후로는 아저씨가 밥을 주고 있다고 하셨다.

아저씨는 고양이가 너무 자랑스러웠던지, 얘가 말을 잘 들는다며 이것저것 명령을 내리기도 하셨다. 하지만 안타깝게도 고양이는 전혀 아저씨 말을 듣지 않았다. 눈치 없는 고양이 때문에 아저씨와 난 머쓱해지고 말았다. 예뻐하는 사람들 덕분에 자존감을 지키며 사는 고양이였다.

　다행이라고 해야 할지는 모르겠지만, 우리 동네에는 내가 돌봐주지 않아도 되고 밥을 주지 않아도 되는 고양이들이 많았다. 동네 이곳저곳에 고양이를 위해 밥을 준 흔적들이 보였다. 또 스티로폼으로 만든 집도 종종 눈에 띈다. 고양이들이 추울 때는 우편함을 통해 빌라 안으로 들어가서 자는 경우도 있는데, 들어가다 고양이와 마주치면 깜짝 놀라면서도 고양이에게 욕을 하거나 쫓아내는 사람을 보지는 못했다. 내가 모르는 곳에서 학대를 하고 미워하며 돌을 던지는 사람도 있겠지만, 적어도 내 주변에 그런 사람들이 없다는 것에 나는 조금 안심했다. 마당에서 노랭이, 한발이, 이방인을 돌보더라도 해코지를 당할 일은 없겠다 싶었다. 우리가 조금 더 오래 함께할 가능성이 높아진 것 같아 희망이 생겼다.

고양이별로 보낸
나의 아가 랏샤

갑작스런 이별

"선생님, 랏샤가 기운 없이 구석에 앉아있기만 해요. 이상해요."

수업하고 있는데 랏샤를 좋아하는 한 학생이 문을 열고 들어와서 말했다. 나가보니, 랏샤는 불 꺼진 서재 한구석에 식빵 자세로 앉아 나를 물끄러미 바라보고 있었다. 사람을 너무도 좋아해서 학생들이 오면 달려나가 반기고 애교를 떠는 녀석이라 더욱 이상했다. 며칠 전부터 혼자 구석에 앉아있거나, 놀이에서 빠지는 경우가 있긴 했었다.

코로나 19로 인해 수업을 두 달 쉬다가 다시 시작한 지 얼마 되지 않아 정신없이 분주했다. 남편까지 복직을 해서 책방 일에 집안일까지 바빠 랏샤에게 미처 신경을 못 쓰고 있었던 터라 조금 불안해졌다. 랏샤는 스코티시 폴드 고양이라 관절이 약하다. 연골과 뼈 발달에 이상을 보이는 유전병도 걱정되어 다음 날 곧장 병원에 데려갔다.

"이미 신장이 거의 망가졌다고 봐야 하고요. 심장도 아주 나쁜 상태에요. 수치가 너무 나빠요. 공격적으로 처치를 하려고 해도 심장이 안 좋으니까 그것도 불가능합니다."

귀를 의심했다. 랏샤가 왜? 제일 어리고 제일 잘 놀고 밥도 제일 잘 먹고 똥도 오줌도 제일 예쁘게 잘 싸는데? 도대체 랏샤가 왜? 검사가 잘못된 것 같았다. 원인이 뭔지, 어떻게 그렇게 티가 나지 않을 수 있는지 물었다. 선생님은 아마 아주 오랫동안 조금씩 진행되어 보호자가 눈치 못 챌 수도 있다고 말했지만, 그건 그냥 나를 위로하려고 하는 말인 것 같았다. 관

180

심을 두지 못했으니 몰랐던 거다. 내가 노랭이 가족에게 신경 쓰고 있을 때, 아픈 세 고양이들을 돌보느라 전전긍긍하고 있을 때, 랏샤는 혼자 조용히 아픔을 참고 있었다.

재작년 우란이에게 급성간부전과 지방간이 왔을 때 수의사 선생님은 부산에 있는 고양이 전문병원으로 가보라고 하셨다. 직접 그곳 의사와 연락을 해주고 정보도 교환해주셨던 기억이 났다.

"랏샤도 부산으로 데려갈까요?"

담담하게 물었다. 돈이 많이 들고 왔다 갔다 힘들어서 그렇지 데려가면 살릴 수 있을 거라 믿었다. 그리 절망적이지는 않았다. 이럴 때를 대비해서 모아둔 돈이 있지 않은가. 그렇지만 의사 선생님은 고개를 저으며 말했다.

"그게 마음이 편하다면 그렇게 하세요. 그런데 지금 아이 상태가 좋지 않아서…."

내가 모르는 사이에 랏샤는 조금씩 죽어가고 있었다. 믿을 수 없었지만 수치가 말해주고 있었다. 신장 수치는 기계로 측정이 불가능할 정도로 올라가 있었고, 불과 1년 만에 체중이 1.5kg가량 줄어있었다. 나는 그걸 몰랐다. 룬과 우란, 살룻은 소변을 못 보거나 토해서 한 달에 두세 번씩 병원을 오가고 있었기에 그 애들 상태는 잘 알고 있었다. 하지만 랏샤는 가장 건강했다. 제일 어린, 이제 겨우 다섯 살밖에 안 된 랏샤는 나와 가장 오래 살 거라고 생각했다.

나는 늘 연습해왔다. 룬, 우란, 살룻과 헤어지는 순간을 상상하며 많이 슬퍼하지 않겠다고 다짐해왔다. 아픈 녀석들이고, 이미 아픈 채로 내게 온 것을 지금껏 온 마음을 다해 돌보았기 때문에 후회는 없다고 늘 되뇌곤 했다. 내가 할 일은 다한 것이라고, 녀석들도 나를 원망하지는 않을 것이라고 그렇게 연습했다. 하나가 떠나도 나에게는 돌보아야 할 다른 아이들이 있으니 덜 슬프고 덜 아프게 보내줄 수 있을 것 같았다. 그런데 막내를 제일 먼저 보내야 한다고 생각하니 마음이 와르르 무너졌다. 어떻게 해야 할까? 뭐부터 해야 할까?

일단 신장 수치를 떨어뜨리는 게 급하니 링거 처치를 위해 랏샤를 입원시키고 혼자 집으로 돌아왔다. 실감나지 않았다.

랏샤의 상태보다 그렇게 아플 때까지 내가 전혀 눈치 채지 못했다는 게 믿기지 않았다.

돌이켜보면 나는 랏샤가 아프다는 걸 알았던 것도 같다. 점점 가벼워진다는 것도 알았지만 랏샤는 원래 날씬했으니까 하면서 모른 척한 것만 같다. 아픈 고양이들에게 지쳐서 너만은 건강했으면, 하는 마음이 내 감각을 무디게 만든 건 아닐까.

그날 이후 입퇴원을 반복하면서 랏샤가 퇴원하는 날엔 책방에서 잠을 잤다. 랏샤 곁에 있고 싶었다. 두 시간에 한 번씩 강제급여를 하고 화장실 가는 것을 관찰하기 위해서이기도 했지만, 얼마 남지 않았을 시간을 최대한 함께 보내고 싶었기 때문이다. 수의사 선생님은 자기에게도 비슷한 수치를 보였던 아이가 있다며, 3년이 지난 지금도 건강히 살아있으니 희망을 버리지 말자고 했다. 그렇지만 랏샤는 점점 식욕이 떨어지고 몸이 작아져만 갔다. 마치 바람이 빠지는 것처럼 하루하루 생기를 잃어갔다.

나는 절대 울지 않으려고, 특히 고양이들 앞에서 울지 않으려고 애썼다. 안 그래도 아픈 고양이들이 나 때문에 스트레스 받지 않았으면 했다. 내가 안절부절못하고 슬퍼하면 같이 불안해할 게 뻔했기 때문이다. 남편 앞에서도 되도록 슬픈 모습을 보이지 않으려 했다. 내가 우울하다고 남편까지 그렇게 만들고 싶지 않았고, 무너지는 모습을 보이기 싫었다.

처음 룬을 데려왔을 때 내가 고양이한테만 너무 마음을 쓰는 것 때문에 남편과 갈등이 있었다. 그때 이후로 나는 고양이에게 집착하는 사람으로 보이지 않으려고 애써왔다. 물론 남편은, 마음을 감추려고 해도 내가 고양이를 얼마나 사랑하는지 잘 안다. 남편과 있는 순간이라도 즐겁게 지내고 싶었다. 안 그러면 고통을 견딜 수 없을 것 같았다.

수업할 때 학생들 앞에서도 애써 밝은 척했다. 학생들이 랏샤에 대해 물을 때마다 대꾸하기가 너무 괴로워 현관 앞에 메모를 써 붙여 두기도 했다.

"랏샤가 아주 많이 아파요. 선생님 마음 아프니까 랏샤 나을 때까지 고양이에 관한 질문은 하지 말아주세요."

고맙게도 랏샤를 정말 사랑했던 아이들은 수많은 염려와 궁금증을 참고 랏샤에 대해 어떤 말도 꺼내지 않았다. 자기들의 걱정보다 내 아픔이 우선이라는 걸 이해하기 때문이겠지.

　아무래도 책방은 사람들이 드나드는 곳이라 럇샤를 2층으로 데려갈까도 고민했지만, 럇샤에게는 이 공간이 가장 편할 것이란 생각이 들었다. 럇샤가 사랑하는 것은 모두 이 공간에 있으니까. 제일 좋아하는 살룽 형도 여기 있고, 호기심 어린 눈으로 내내 바라보던 마당도, 마당 고양이들도 여기 다 있으니까. 럇샤를 사랑하는 수많은 팬들을 만난 것도 이곳이니까. 럇샤에게는 좋은 추억만 있는 책방에 그대로 머무는 편이 더 행복할 것 같았다. 아무래도 2층에 놔두면 나와 남편이 일하는 동안 혼자 적막한 곳에서 외롭게 있어야 할 테니.

　그러고 보니 럇샤와 함께 찍은 사진이 없었다. 럇샤가 너무 귀여워서 럇샤 사진은 수천 장인데 나와 같이 찍은 게 없었다. 나는 셀카봉을 가져다가 아픈 애를 안고 웃으면서 셀카를 몇 장 찍었다. 사진 속 럇샤가 너무 수척해 보였다. 그게 또 서러워서 많이 울었다. 왜 한참 예쁠 때 사진 한 장 같이 찍지 못했을까.

　럇샤는 병원에서 한 번, 책방에서 두 번 고비가 왔고 마지막

네 번째 고비를 넘기지 못하고 떠났다. 랏샤가 괴로워할 때마다 기적이 일어나게 해달라고 울며 기도했다. 그러다가 또 너무 아프면 이제 그만 편하게 떠나라고 되뇌기도 했다.

　내내 누워 지내면서도 꼭 화장실 모래에다 볼일을 보려고 애썼던 랏샤가 떠나기 며칠 전부터는 그러지 못했다. 누워서 앙앙 울어대면 내가 안아서 모래 위에 세워주었다. 다리에 힘이 없어 서 있지를 못해 볼일을 보는 동안 잡고 있어야 했다. 그렇게 되는 순간까지도 랏샤는 나를 보면 반응하고 이름을 부르면 "아앙~"하고 대답해주었다. 그러다 떠나기 이틀 전부터는 밥도 약도 물도 거부했고 더는 반응을 하지 못했다. 주사기로 부어주면 삼키지 못하고 다 흘러나왔다. 이별할 시간이 다가오고 있었다.

　착한 랏샤는 금요일 수업이 다 끝날 때까지 엄마를 기다렸다가 함께 누워 잠시 자고 난 뒤, 마지막 숨을 후 내뱉고 고양이별로 떠났다. 나는 딱딱하게 굳은 랏샤의 몸을 깨끗이 닦아주고 눈을 감겨주었다. 아침이 올 때까지 랏샤를 쓰다듬으며 내가 얼마나 너를 사랑했는지, 우리에게 어떤 좋았던 기억이 있는지 이야기했다. 그런데 계속 미안하다는 말만 나왔다. 사실 별로 잘해준 게 없었다. 막상 장례를 치르려고 보니까 랏샤 물건이랄 만한 게 없었다. 나는 랏샤가 무엇을 좋아했는지도 몰랐고, 뭘 잘 먹는지도 몰랐다. 장난감이라야 낚싯대 흔들어 준 게 전부고, 아픈 아이들 때문에 처방 사료만 먹었다. 간식은 몸에 나쁘다고 아예 먹이지 않았는데, 병을 얻고 나서야 밥을 잘 먹지 않아 간식을 조금씩 사료에 섞어주었다. 나는 정말 랏샤에게 면목이 없었다.

꼬박 밤을 새우고 장례식장에 연락해 오후 5시 예약을 했다. 내 옷에 랏샤를 따뜻하게 감쌌다. 2층에 올라가 잠시 자는 둥 마는 둥 눈을 붙이고 일어나 남편과 함께 장례식장으로 갔다. 가는 동안 차 안에서 랏샤의 털을 쓰다듬었다. 죽었다고 믿기 힘들 만큼 부드러운 털. 랏샤는 유난히 털이 굵고 건강했다. 태어나서 딱 한 번 목욕을 시켰는데도 언제나 윤기가 나고 부드러웠다. 몸은 빳빳하고 뼈밖에 남지 않았지만, 그 부드러운 감촉만은 여전했다. 오래오래 기억하고 싶어서 손을 뗄 수가 없었다.

울지 않으려 했는데, 마음의 준비가 끝났다 생각했는데, 말갛게 닦여서 삼베 천과 꽃에 둘러싸여 나온 랏샤를 보니 그럴 수가 없었다. 랏샤 얼굴을 쓰다듬으며 오열하는 나를 남편이 토닥여주었다.

"이제 그만 보내주자."

남편의 말에 마지막 인사를 하고 화장을 했다. 2kg이 겨우 넘는 아이를 태우는 데도 꽤 시간이 걸렸다. 그렇게 영원히 다섯 살인 내 아가 랏샤가 재가 되어 돌아왔다.

랏샤의 털 몇 가닥과 유골함을 아직 가지고 있다. 여름 지나면 마당에 묻어줘야지, 추석 지나면 묻어줘야지, 계속 생각만 하다가 새해가 밝도록 아직 못하고 있다. 겨울이라 땅이 단단해서 묻어줄 수 없다고 변명하고 있다. 봄이 오면, 그래서 땅이 다 녹으면 그땐 어떤 변명을 해야 할지 모르겠다.

랏샤가 떠난 이후 나는 고양이 이야기를 쓰겠다고 다짐했다. 롤랑 바르트는 "글쓰기는 사랑하는 대상을 불멸화시키는 일이다."라고 말했다. 내가 살아온 시간의 반의반도 못 살고 떠난 고양이들, 또 떠날 고양이들을 내 안에 불멸화시키기 위해 써야겠다고 결심했다. 쓰지 않으니 계속 잊었다. 우리 사이에 어떤 일들이 있었는지, 그게 어떤 의미인지 희미해지는 것만 같았다.

빨리 쓰자고 재촉해 보았지만 노트북을 여는 게 쉽지 않았다. 랏샤가 떠난 후 내 마음에 금이 가기 시작했기 때문이다. 금을 겨우 이어 붙이려고 하면 또 더 큰 충격이 왔다. 연이어 고양이들이 아프고 떠나가면서 금은 시커먼 구멍이 되어갔다. 뒤늦게 이것이 펫로스 증후군이란 걸 깨달았다.

보낼 수 없어 생기는 병

처음에는 밤마다 울었다. 남편이 잠들고 나면 소리죽여 눈물을 흘렸다. 나는 힘들고 아픈 걸 남에게 잘 드러내지 못한다. 가볍고 경쾌한 사람으로 보이길 바라다보니 어느 순간 그렇게 돼버렸다. 힘들 때는 그냥 혼자 삭히는 게 훨씬 회복이 빠른 편이라 누군가의 도움을 크게 바라지도 않았다. 이번에는 잘못된 판단이었다.

낮에는 밝게 웃고 학생들과 대화를 나누고, 저녁에는 남편과 즐겁게 밥을 먹고 운동도 열심히 했다. 그러다 한밤중에 혼자 SNS를 뒤적이다, 웹툰을 보다, 검색을 하다 고양이와 관련된 무언가만 보면 울컥해서 눈물이 나왔다. 그렇게 한참 울다 지치면 잠들었다.

그런 밤이 반복되던 어느 날 문득 '랏샤가 어디 다른 곳에서 다시 태어나지는 않았을까?'하는 생각이 떠올랐다. 나는 종교도 없고, 환생이나 영혼 같은 걸 믿지 않는다. 그런데 자꾸만 그 생각이 떠나질 않는 것이다. 어딘가에 랏샤와 꼭 닮은 고양이가 나를 기다리고 있을 것만 같은, 빨리 찾지 않으면 그 아이도 죽어버릴 것 같은 말도 안 되는 생각에 사로잡혔다.

그날부터 자기 전에 2~3시간씩 웹서핑을 하며 전국의 유기동물보호소를 뒤지고, 고양이 관련 인터넷 커뮤니티를 들락거리면서 랏샤와 조금이라도 닮은 아이가 없는지 찾아다녔다. 당연하게도 그런 아이는 없었다.

다음에는 스코티시 폴드를 검색했다. 생김새가 비슷하면 랏샤와 성격이나 습관이 달라도 괜찮을 것 같았다. 그래서 입양 홍보에 올라온 글에 연락한 적도 있다. 그중 2개월 된 새끼가 있어 입양신청서를 보내기로 마음먹고 글을 작성한 후, 보내기 전 마지막으로 남편에게 물었다.

"나 새끼 고양이 데려와도 돼?"

남편은 말없이 고개를 저었다.

"나 랏샤 생각나서 안 되겠어. 마지막이라 생각하고 데려올게."

"남아있는 애들 생각하면 그러면 안 되지. 쟤들 또 아프면 어쩔래?"

그 말을 듣고 나니 무서워서 입양신청서를 보낼 수가 없었다. 하지만, 이후로도 입양게시판을 떠날 수가 없었다. 잠시라도 놓치면 랏샤를 지나칠까 봐 스마트폰 중독자처럼 틈날 때마다 게시글을 뒤졌다.

나중에는 초조해졌다. 이러다가 내가 영영 잘못될 것만 같았다. 어서 내 옆에 랏샤가 돌아와야 일상을 회복할 수 있을 것 같았다. 몇 달을 새벽까지 울면서 랏샤를 찾아 헤매고 낮에는 또 아무렇지 않게 사람들을 대하면서 나는 조금씩 이상해지는 것만 같았다.

그때 누군가에게 말하고 도와달라고 했어야 하는데 나는

엉뚱하게도 펫샵에 전화를 걸었다.

"갈색 아메리칸 숏헤어 무늬에 스코티시 폴드인 고양이 있나요? 사이트에 있는 ○○라는 아이 보고 전화드렸어요."

"아, 네. 그 아이는 입양되었고요. 지금 그 색깔은 없어요. 혹시 회색은 싫으세요?"

"그럼 갈색 아이는 언제 입양할 수 있나요?"

"몇 개월 기다리셔야 될 거예요. 예약해놓으실 수도 있고요."

"네, 생각해보고 전화 드리겠습니다."

"지금 세일기간인데 예약하시면 지금 가격으로 드려요."

서둘러 전화를 끊었다. 심장이 두근거렸다.

'내가 지금 무슨 짓을 한 거지?'

그제야 조금 정신이 들었다. 내가 아이를 사려고 하다니. 그것도 색깔, 모양, 가격을 얘기하면서 물건 고르듯이 아이를 예약 구매하려고 하다니. 엄마가 자기를 잊고 자기랑 똑같이 생긴 아이를 쇼핑하러 다니는 사람이 되길 랏샤는 바라지 않을 것이다. 이럴 시간에 형아랑 누나들 머리 한 번 더 쓰다듬어 주길 바랄 것이다.

나는 엄마에게 전화를 걸었다.

"엄마, 사실 몇 달 전에 랏샤가 죽었어."

"아이고 우짜노. 그 제일 예쁜 거 그거 아이가."

"응. 갑자기 심하게 아파서 한 달 앓다가 갔어."

"우짜노. 우짜노. 네가 많이 아팠겠네."

"응."

"그래서 내가 키우지 말란기다. 보내기가 너무 힘들다이가."

어린 시절 나는 버려진 개나 고양이를 집으로 데려가거나 학교 앞에서 파는 병아리를 사가는 일이 많았다. 그럴 때마다 엄마는 야단을 치면서 갖다 버리라고 했으나 결국 그 아이들을 정성으로 돌보고 죽을 때 가장 슬퍼하는 건 엄마였다. 그랬기에 내가 고양이를 키운다고 했을 때 남편에게 절대 못 키우게 하라고 으름장을 놓으며 반대했다. 그렇지만 집에 올 때마다 내 고양이들을 손주들처럼 예뻐하고, 보고 싶다고 전화로 안부를 묻기도 했다.

그런 엄마에게 말하고 나니 마음이 한결 편안해졌다.

누군가 묻지 않는 이상 랏샤가 떠난 것을 한 번도 내 의지로 말한 적이 없었다. 다행히 입 밖으로 꺼내고 나니 그 사실이 받아들여졌다. 랏샤는 이 세상에 없고, 다시 태어나지도 않는다. 랏샤를 대신할 수 있는 것은 없다. 너무나 간단하고 정확한 진실을 받아들이는 데 몇 달이 걸렸다.

『인생수업』을 쓴 정신의학자 엘리자베스 퀴블러 로스는 죽음에 임박한 사람들이 죽음을 수용하면서 5단계의 변화를 거친다고 했다. '부정-분노-타협-절망-수용'이다. 이건 꼭 죽음을 수용하는 당사자뿐만 아니라 죽음 뒤에 남겨진 사람들에게도 마찬가지로 일어나는 현상이다. 나는 랏샤의 죽음을 받아들이기가 힘들어서 죽음 자체를 믿지 않았고, 나의 잘못으로 이런 일이 일어났다고 생각해 자신을 미워했다. 노력하면 랏샤와의 새로운 삶을 다시 시작할 수 있을 거라 생각했으나 그럴 수 없다는 것에 절망했고, 결국은 있는 그대로의 현실을 받아들이게 되었다.

랏샤가 떠난 뒤로 모든 모임을 중단하고, 책방 운영도 멈췄다. 사람들을 최대한 덜 만나고 싶었다. 괜히 사람들이 미웠기 때문이다. 나는 9년간 독서모임을 운영하면서 많은 사람들에게 기쁨을 주었다고 생각했는데, 그 사람들은 나의 슬픔에 조금도 공감해주지 않을 거라고 지레 짐작했다. 구구절절 말하고 싶지도 않았고 진심 없는 위로도 받고 싶지 않았다.

하지만 많은 사람들이 진심으로 나를 걱정해주었다. 랏샤를 예뻐했던 사람들 중에는 나만큼 애틋해하며 함께 울어준 사람도 있었다. 너무나 사랑스러운 존재였기에 랏샤를 좋아하는 사람들이 많았는데, 너무 외롭게 보낸 거 아닌가 하는 생각도 들었다. 떠나기 전에 작별 인사라도 하게 할 걸 후회도 됐다.

책방 한 자리에 랏샤의 제단을 조그맣게 만들어두었더니 그곳에 쪽지를 써놓고 가는 학생들도 있었다. 어떤 아이들은 올 때마다 제사를 지낸다고 큰절을 두 번씩 하고 가거나, 간식을 사다 올려주기도 했다. 나는 그럴 때 모른 척했다. 아는 척을 하면 울 것 같아서 고맙다는 말은 속으로만 했다. 함께 슬퍼해도 괜찮았을 텐데 랏샤의 죽음을 인정하기 싫어 숨기기에 급급했다. 그 때문에 마음이 더 곪았다.

　아직도 랏샤를 완전히 보내주지는 못했다. 조금 더 시간이 필요하다. 랏샤를 위해 쓰기로 한 이 글을 마칠 때쯤은 가능할지도 모른다. 글을 마치면 작은 책으로 묶어 랏샤의 유골과 함께 마당 제일 큰 나무 금목서 밑에 묻어주려 한다. 쑥이도 있으니까 심심하진 않을 것이다. 그러고 나면 랏샤의 사진을 똑바로 볼 수 있게 될지도 모르겠다.

후회 없이 사랑한다는 말

돌아가며 아픈 아이들

랏샤를 돌보느라 마당 고양이들에게 신경 쓸 틈이 없었다. 밥 주고 물 주고 나면 관심을 차단했다. 일부러 더 그랬다. 랏샤에게 최선을 다하고 싶었다. 다 큰 고양이가 셋이니 내가 돌보지 않아도 알아서 잘 지낼 거라 생각했다.

랏샤를 보내고 나서야 마당 고양이들에게 눈을 돌릴 수 있었다. 한 달 만에 제대로 본 한발이의 상태가 심각했다. 구내염이었다. 길고양이에게서 자주 나타나는 병인데, 입에 염증이 심해서 잇몸이 붓고 피가 난다. 입 상태가 안 좋으니 밥을 제대로 먹지 못해 살이 심하게 빠졌고, 침을 줄줄 흘리고 다녔다. 그루밍도 못해 털은 떡지고 지저분했다. 급한 대로 비상약으로 가지고 있던 항생제를 먹였지만, 입이 아프니 약도 거부했다. 닿으면 아픈지 기겁을 하고 달아났다. 목욕을 시켜도 가만있던 한발이가 나를 할퀴고 도망간 것은 그때가 처음이었다. 결국 병원에 데려갈 수밖에 없었다.

가는 김에 검진도 해볼 겸 노랭이도 데리고 갔다. 한발이는 증상이 많이 진행된 상태였고, 노랭이에게도 약하게 구내염 증상이 있었다. 치료하고 처방을 받아왔지만, 앞으로가 막막했다. 구내염은 완치가 되는 병이 아니다. 처방 사료와 약, 수액으로 계속 관리를 해주어야 하는데 문제는 얘네들이 바깥에 사니까 언제든지 감염의 위험이 있고 재발도 쉽다는 것이다. 어쨌든 계속 병원을 다녀야 하니 예방 접종을 시작했다. 이미 걸린 병은 어쩔 수 없지만, 다른 병이라도 걸리지 않아야 돌볼 수 있을 것 같았고, 병원에서 예방 접종이 완료되어야 한발이 중성화 수술을 해줄 수 있다고 해서다.

예방주사를 맞고 온 후 3일째 되는 날, 노랭이가 이상했다. 내가 가도 모른 척 가만히 있고, 움직임이 없었다. 부르면 눈만

깜빡대고 다가오지 않았다. 예방 접종도 부작용이나 후유증이 있다고 들어서 부리나케 병원에 전화했다. 맞고 나서 바로 증상이 오면 부작용이지만, 며칠 있다 그러는 건 예방주사 때문이라고 보긴 힘들다고 했다. 컨디션이 안 좋은가 싶어 며칠 쉬면 괜찮겠지 했다.

일주일이 지나자 노랭이가 보이지 않았다. 한참 이름을 부르며 주변을 찾아다니다 빌라 뒤편 풀숲에 웅크리고 있는 것을 발견했다.

"왜 거기 혼자 있어."

깜짝 놀라 안아 들고 마당으로 데려왔는데, 수업하다 나가보니 또 없었다. 혹시나 싶어 풀숲에 가보니 거기 또 웅크리고 있었다. 나는 털썩 주저앉아 눈물을 흘렸다.

'아…. 저게 죽으려고 저러는구나.'

그 많은 길고양이들은 어디 가서 죽는지 궁금해한 적이 있다. 로드킬 당해 죽는 아이들의 사체는 간혹 보지만, 아파서 죽거나 굶어 죽은 사체를 본 적은 없다. 고양이 카페에서 게시

글로는 접한 적이 있는데 내가 본 적은 없었다. 아마도 사람들 눈에 안 띄는 곳에 가서 죽나 보다 하고 생각했다. 고양이과 동물들은 아픔을 잘 숨긴다. 야생 시절에나 필요했던 못돼먹은 습성을 여전히 가지고 있다. 어쩌면 길고양이들에게는 아픔과 죽음을 숨기는 것도 필요한 습성일지 모른다.

노랭이도 그런 것 같았다. 아픈 걸 들키지 않으려고 풀숲에 숨어있는 게 아닐까. 그러려면 멀리나 가지 집 바로 앞 빌라 뒤에 있을 건 뭐람. 내가 못 찾는 데로 멀리멀리 갔으면 마음 아플 일은 없을 텐데. 그대로 두고 볼 수는 없어 병원으로 뛰었다.

선생님 추측으로는 닭뼈처럼 먹으면 안 되는 걸 주워 먹어 장에 탈이 난 것 같다고 하셨다. 노랭이가 아프기 전날, 치킨 박스를 뜯어 먹은 흔적이 데크 여기저기서 보였던 게 기억이 났다. 예방 접종 때 몸무게를 쟀었는데, 일주일 만에 700g 빠져서 홀쭉해진 노랭이를 보니 마음이 다급해졌다. 입원을 시켜 놓고 집에 와서 고양이 카페에 글을 올렸다.

"마당 고양이가 아플 때 어떻게 하실 건가요? 입양? 마당에 놔두고 병원 치료?"

당연히 입양하라는 댓글이 달릴 줄 알았다. 그럼 못 이기는 척하고 노랭이를 책방에 들일 생각이었다. 그런데 내 예상과는 달리 댓글을 달아준 여섯 명 모두 "마당에 놔두고 돌보라."는 조언이었다. 나도 알고 있었다. 책방에 아픈 성묘 셋이 있는데 또 들이게 되면 책방 고양이들이 힘들어할 게 뻔하다는 걸. 또 노랭이만 입양하면 엄마 찰떡인 한발이는 어쩔 것인가. 순한 아이니 한발이까지 입양한다 쳐도 남은 이방인이 문제였다. 셋이서 의지하면서 1년 넘게 살아왔는데, 노랭이와 한발이만 책방에 들인다는 건 이방인에게 떠나라는 말과 같았다. 이방인이 여전히 나를 경계한다고 해서 정이 들지 않은 건 아니다. 노랭이와 한발이 만큼은 아니지만, 그래도 이방인도 식구라 생각해왔기 때문에 도저히 결정할 수가 없었다.

다음 날 상태가 나아진 노랭이를 퇴원시켰다. 책방 안에 데리고 들어갈까 하다가 노랭이가 한발이를 보고 싶어 할 것 같아 마당에 풀어주었다. 역시나 만나자마자 물고 빨고 하는 녀석들을 보니 하나만 떼어놓기는 힘들 것 같았다. 마당에서 키우되 내가 좀 더 신경 써서 돌보자고, 그게 모두를 위해 좋은 선택이라고 마음을 굳혔다. 마당 아이들을 위해 얼마 전에 새로 지어준 고양이 숨숨집에 문도 달고 좀 더 튼튼하게 보수해주면서 앞으로 더 잘해주겠다 되뇌었다.

다행히 며칠 더 약을 먹고 노랭이는 회복했다. 밥도 잘 먹고 똥도 잘 싸고 활력도 생겼다. 노랭이와 한발이의 마지막 예방접종도 무사히 마쳤다. 한발이는 접종하면서 수액도 맞고 항생제 주사도 맞았더니 구내염이 많이 나아서 침을 흘리지 않고 얼굴도 말쑥해졌다. 조금만 더 살이 찌면 중성화 수술 날짜를 잡아야겠다고, 그다음엔 포획틀을 빌려서라도 이방인을 병원에 데려가겠다고 그렇게 계획을 세웠다. 결국 아무 의미 없어질 그런 계획을 세우면서 잠깐 행복했었다. 아주 잠깐.

아줌마 말고 엄마가 되고 싶었어

한발이가 사라졌다. 2~3일 정도 보이지 않은 적은 있지만 일주일이 넘도록 돌아오지 않으니 걱정이 됐다. 아픈 아이라 약도 먹여야 하는데 수시로 내다봐도 보이지 않았다. 혹시 지난번처럼 건넛집에서 밥 얻어먹고 있나 싶어 가봐도 없었다. 이름을 부르며 찾아다녀도 근처에서는 찾을 수 없었다. 몸 상태가 좋아져서 신나서 멀리 놀러 갔나 보다 하면서 조금씩 반경을 넓히면서 찾아보다가 나중에는 차로 이동하며 찾아다녔다. 그래도 보이지 않았다.

2주가 지나고 3주가 지나도 돌아오지 않았다. 한 달이 지났을 때는 인정해야 했다. 한발이에게 큰일이 생겼음을. 로드킬 당한 건지도 모른다. 아니면 잡혀갔을 수도 있다. 동네에 목줄 푼 채 돌아다니는 큰 진돗개가 있는데 그 녀석에게 물려 죽었을 수도 있다. 겨우 살려냈는데, 이제 정말 잘 돌봐줄 거라고 다짐했는데, 한발이는 영영 돌아오지 않았다.

슬퍼할 새도 없이 이방인이 아프기 시작했다. 배가 부어올랐는데 다른 부분은 바짝 말라가면서 배만 풍선처럼 매일매일 부풀었다. 한발이가 사라져서 그런 것 같았다. 그립고 애타는 마음이 병이 된 것 같았다. 복막염이 분명했다. 그래서 더 절망했다. 고양이 복막염은 약이 없다. 외국에서 생산된 승인되지 않은 약을 써야 하는데, 가격이 상상 이상이라고 알고 있었다.

이방인은 여전히 손을 타는 고양이가 아니었다. 그런데 몸이 아파서 그런지 마치 도와달라는 것처럼 나를 보고 조그맣고 가는 목소리로 "에에엥~"하고 길게 울었다. 그래서 다가가면 또 도망가고. 나는 어찌해야 할지를 몰라 그 눈을 피했다.

한날은 좀 달랐다. 이방인이 내게 천천히 다가왔다. 1년이 넘도록 다가가면 도망간 주제에 이제야 나에게 다가오다니. 손을 내밀어 머리를 쓰다듬으니 움찔움찔하면서도 가만히 손길을 받아냈다. 나는 이동장을 들고나와 이방인을 집어넣고 병원으로 갔다.

사람 손을 타본 적이 없던 녀석이라 병원에서 겁을 집어먹고 극렬하게 버둥거려서 세 명이 달라붙어도 잡을 수가 없었다. 결국 진료 중에 놓쳐서 기계 밑으로 들어가버렸다. 겨우 끌어내어 복수를 빼고 주사를 맞았다. 복막염 검사를 할 건지 물었다. 복막염 때문에 복수가 찼을 수도 있고, 다른 원인이 있을 수도 있다고 했다. 복막염이면 치료가 가능한지, 신약을 쓸 수 있는지 물었다. 이 병원에서는 신약은 쓰지 않는다는 선생님 말씀에 일단 약만 처방받아 집으로 돌아왔다.

병원에 한 번 다녀온 뒤로 이방인은 다시 나를 피했다. 겨우 잡아서 약을 먹이긴 했으나, 며칠 만에 또 배가 더 커지기 시작했다. 복막염이라면 전염의 가능성도 있었기에 노랭이를 책방 안으로 피신시켰다. 혼자 버림받았다는 배신감 때문인지, 아니면 죽을 곳을 찾아 떠난 건지 이방인은 사라졌다. 차라리 잘 됐다고 생각했다. 더는 죽음을 보고 싶지 않았다. 나는 정말 지쳐있었다.

열흘가량 보이지 않던 녀석이 아무도 없는 마당에 돌아와 내가 만들어준 집 안에서 동그랗게 고치를 말고 죽어있었다. 아무리 찾아봐도 여기만큼 편안히 죽을 곳이 없었나 보다. 처음으로 안아본 이방인은 차갑고 딱딱하고 생각보다 더 키가 컸다. 얼굴도 가까이서 보니 그렇게 못생기지 않았다. 늠름한 사자 같았다. 계속 못난이라고 놀렸던 게 미안해졌다. 코와 입가에 피가 묻어 있어 깨끗이 닦이고 옷을 가져와 얼굴만 내놓고 몸을 감쌌다. 얼굴을 쓰다듬으며 다음 생에는 건강한 집고양이로 태어나라고 기도해주었다.

병원에 갔을 때 접수를 하면서 이름을 '이방인'이라고 쓰고 부끄러워졌다. 고양이 이름이 이게 뭐야. 이방인이 뭐야. 1년 넘게 같이 살아놓고 이방인이 뭐야. 사실 내 마음속에 간직해둔 이름이 하나 있었다. 처음에는 장난스럽게 '이방인'이라고 정했지만, 언젠가 사정이 허락하고 우리가 친해져서, 혹시 내가 아줌마가 아닌 엄마가 되면 붙여주려고 한 그런 이름이 있었다. 소설 『이방인』을 쓴 알베르 카뮈의 이름을 따서 한국식으로 '까미'라고 지어주려고 했다. 그 이름을 장례식 때 쓰려고 한 건 아닌데, 결국 죽고 나서야 처음으로 까미라고 불러보게 됐다.

'노랭이 가족'이라고 쓴 적금 통장을 헐어 까미(이방인)의 장례식을 치러주었다. 얼마 모으지도 못해서 장례식 치를 돈밖에 없었다. 여기에 복막염 신약을 살 돈이 있었다면 까미는 살았을까? 돈보다는 책임의 문제였다. 내가 처음 룬을 입양할 때 엄마는 말했다.

"한 생명을 책임지는 게 얼마나 큰일인지 아나? 키울 때야 귀엽고 좋지, 그거 죽을 때 어쩔래?"

그땐 속으로 '사는 동안 최선을 다해 사랑하면 되지. 죽고 나서 후회 없도록'하고 생각했었다. 노랭이가 온 이후 나는 이제야 엄마 말의 의미를 알게 되었다. 사는 동안 최선을 다할 수 없다는 것을. 후회 없이 사랑한다는 건 불가능하다는 것을. 진정 사랑하기에 후회가 남는다는 것을.

작은 존재를 위해 울어줄 시간이 필요하다,
반려동물 사별 휴가

　2년간 열 마리가 넘는 고양이와 헤어졌다. 그때마다 울고불고 슬퍼했던 건 아니다. 별 인연이 없던 고양이들의 사체는 절차대로 무덤덤하게 쓰레기봉투에 담아 처리하기도 했다. 미안해서 깨끗하게 세탁한 내 옷이나 담요로 봉투를 꽉 채웠다. 아무리 그래도 쓰레기와 함께 넣을 수 없었다. 그래봤자 쓰레기와 함께 매립되거나 태워지겠지만.

　장례다운 장례를 치러준 건 쑥이와 랏샤, 이방인뿐이다. 쑥이는 앞마당 금목서 아래 묻어주었고, 랏샤와 이방인은 화장을 했는데, 유골은 아직 묻어주지 못하고 책장 위에 올려놓았다. 언젠가는, 언젠가는 하고 날만 보고 있다.

헤어짐이 다 병이 되진 않았다. 시원섭섭한 헤어짐도 있었다. 사라진 아이들이 다 죽었다고 믿지 않기 때문인데, 다 내 마음 편하자고 하는 생각이다. 헤어질 때마다 내 삶이 무너진다면 나는 더는 고양이들과 만나지 못할 것 같다. 딱 한 번 정말 다 그만두고 싶다고 생각한 건 당연하게도 내 아이 랏샤의 죽음 이후다.

그땐 잘 몰랐지만, 지금 생각해보면 내가 많이 이상했고, 여전히 그 아픔을 완전히 이겨내지 못하고 있다. 랏샤가 떠난 후 독서모임을 중단했다. 코로나 19 상황 때문이기도 했지만, 방역을 철저히 하고 모임을 시작할 수도 있었고 온라인으로 할 수도 있었다. 그런데 그러고 싶지가 않았다.

한동안 동네 주변에서 상가 자리를 찾기도 했다. 책방을 따로 열기 위해서다. 랏샤가 죽어간 지금 책방에서 무언가를 시작하기가 쉽지 않았다. 랏샤가 아프기 시작하고 떠나기 전까지 한 달 정도의 시간이 있었는데, 그 기간 동안 독서모임을 진행하는 게 참 힘들었다. 미리 신청받아 놓았던 터라 어쩔 수 없어 끌고 가려고 애쓰긴 했지만 도저히 마음의 갈피를 잡을 수 없었다. 죽어가는 아이를 서재에 눕혀놓고 거실에서 웃으며 대화를 나누는 게 여간 미안한 일이 아니었다. 결국 나중엔 도저히 안 돼서 온라인으로 돌리거나 모임을 미루었다.

글쓰기 수업은 계속 진행했다. 학생들에게 흔들리고 무너지는 모습을 보여주기 싫었다. 교실 문을 열기 전에 마음을 꾹꾹 눌러 다잡으며 심호흡을 했다. 마치 무대 위에 올라가는 연기자처럼 활달한 모습의 가면을 썼다. 그래서인지 평소보다 텐션이 올라가는 때가 많았다. 신나게 수업을 하고 학생들이 다 돌아간 이후에는 긴장이 풀려 그 텐션이 훅하고 떨어졌다. 감정 기복이 컸던 만큼 타격도 컸다.

한 번은 수업을 시작하기 전 랏샤에게 강제급여를 하고 있었는데, 갑작스럽게 랏샤 몸에 경련이 왔다. 온몸이 뻣뻣해지고 부르르 떨기 시작했다. 나는 랏샤를 부여잡고 제발 견뎌달라고, 아빠 보고 가라며 눈물을 흘렸다. 수업하러 온 열한 살 어린이들이 깜짝 놀라 멍하니 보고 있길래 "랏샤가 떠날 것 같아서 수업을 못 하겠어. 미안한데 오늘은 돌아가 주겠니. 부모님께 잘 이야기해줘."하고 말했다.

아이들이 돌아가고 나서 다행히 경련이 멈추고 랏샤 상태가 호전되자 걱정이 되기 시작했다. '학부모들이 어떻게 생각할까, 고양이만 신경 쓰고 일을 제대로 안 하는 선생이라고 생각하면 어쩌지, 불안한 상태인 사람에게 아이를 보내기 걱정된다고 생각하지는 않을까?' 별의별 생각이 다 들었다.

이후 한 어머니와 통화 할 일이 생겨 그날 수업을 못 해 죄송했다고 조심스럽게 말을 꺼냈다. 그런데 되레 위로를 받았다.

"절대 미안해하지 마세요. 저희는 그런 거 다 이해합니다. 아이도 그날 선생님 걱정을 많이 했어요. 막 우셨다고."

감사했다. 보통의 감정을 가진 사람이라면 나 같은 상황에 빠진 사람을 다 위로하려고 하지 비난하지는 않을 거라는 걸 알면서 왜 그렇게 걱정을 했던 걸까. 아마도 나는 스스로를 나쁜 사람으로 설정하려 했던 것 같다. 내가 나쁜 인간이라서 랏샤가 아픈 거고, 사람들은 나를 다 싫어할 거고, 그러니 내 불행은 비난받아 마땅하다고 스스로를 몰아갔다. 그러나 우려와 달리, 랏샤의 죽음 이후 많은 사람들에게 위로를 받았다. 함께 슬퍼하면서 조금씩 가면을 벗고 편안해질 수 있었다.

나만 이런 건 아닐 것이다. 반려동물을 키우는 사람들이 회사에 "저희 강아지가 아파서 휴가 좀 낼게요." 혹은 "고양이 장례를 치러야 해서 3일만 쉬겠습니다."라고 할 수 있을까? 차라리 여행 간다고 거짓말을 하고 휴가를 받는 편이 더 쉬울 거다. 그래야 비난을 덜 받을 테니까.

　반려동물과 함께 사는 가구가 600만이 넘어가고 있다. 또 그중 1인 가구 비율은 빠른 속도로 증가할 것이다. 반려동물이 아플 때 보살펴주고, 장례를 치러주고, 보낸 후 아파하는 것도 모두 혼자 감당해야 할 사람들이 늘어나는 것이다. 이럴 때 꼭 필요한 건 말뿐인 위로가 아니라 맘껏 슬퍼할 시간이다.

　나에게는 앞으로 떠나보내야 할 고양이가 넷이나 더 있다. 앞으로의 일은 모르는 거니까 더 많은 고양이들을 보내주는 일이 생길지도 모른다. 그때가 오면 나는 적어도 3일 정도는 반려동물 사별 휴가를 당당히 가지려고 한다. 자영업자니 자기 맘대로 쉬면 되는 거 아니냐고 할지 모르지만, 책방 영업이야 그럴 수 있지만 수업은 일종의 약속이기 때문에 함부로 일정을 변경하는 것은 옳지 못하다. 그렇지만, 내게 벼락 같은 슬픔이 왔을 때, 어쩔 수 없으면서도 굳이 아닌 척 연기하며 일을 하는 것은 내 건강에도, 또 학생들에게도 좋지 않다. 솔직하게 슬픔을 감당할 수 없다고 얘기하고 함께 명복을 빌어달라 부탁할 것이다. 또 위로도 받을 것이다.

반려동물 사별 휴가가 당연한 것이 되었으면 좋겠다. 사람과 함께 사는 개, 고양이는 평생 세 살 아기의 정신으로 살아간다고 한다. 세 살 아기가 세상을 떠났다고 생각해보자. 온 세상이 함께 울어줄 일이다. 타인의 슬픔을 재단하려 하지 말고, 맘껏 슬퍼할 수 있는 시간을 주자. 작은 존재가 우리에게 주는 행복과 위로의 크기를 생각하면 어쩌면 3일의 휴가도 너무 짧다.

5부

가능하면 오래,
더 오래

노랭이 신입사원을 환영합니다?
누구 맘대로!

우리는 노랭이 싫은데

제 식구들과 이별하고 갑작스럽게 책방으로 들어오게 된 노랭이는 온종일 현관문을 바라보고 울어댔다. 밖에 잠시 보내주면 한참 놀다 와서는 또 들어오겠다고 울어댔다. 다시 안으로 데려오니 밥 먹고 똥 싸고 낮잠 자다가 일어나 또 내보내달라고 울었다. 해달라는 대로 다 해주면 빼박 외출냥이 되겠구나 싶어서 울어도 모른 척 문을 열어주지 않았다. 일주일쯤 지나니 차츰 덜 울었고 그렇게 책방 고양이가 되어갔다.

남편도 노랭이 입양을 반대하지 않았다. 내가 아무래도 노랭이를 책방에서 키워야겠다고 하니 "니는 못생긴 고양이만 좋아하네."라고 비난했지만, 어차피 이렇게 될 줄 알았다는 반응이었다. 그러나 감당할 수 있겠냐고 경고는 했다. 책방 고양이들이 스트레스받아 또 아프면 어쩔 거냐고. 어차피 아파서 매주 병원에 가는 녀석들이니 랏샤처럼 모른 채, 상황이 악화되지는 않을 거라고 생각했다.

랏샤의 죽음으로 한동안 내 정신으로 살 수 없었는데, 연이은 한발이의 실종과 이방인의 죽음으로 조금씩 현실감각이 돌아오기 시작했다. 내가 자책한다고 죽은 아이가 살아 돌아오지 않는다. 지금 살아서 내 앞에 있는 아이들이 있는데 떠난 아이들만 그리워하다가는 이 아이들마저 잃을 수 있다. 노랭이가 마당에 산다고 내 고양이가 아니라고 생각할 수 있을까? 내 마음에서 책방 고양이와 마당 고양이의 경계는 이미 사라진 지 오래였다. 노랭이가 책방으로 들어온 것 때문에 다른 고양이가 아프게 된다면 그건 노랭이 탓이 아니다. 그냥 내 탓이고, 나 같은 집사 만난 고양이들의 운명이라 생각하기로 했다.

마음을 단단히 먹은 건 나였지 고양이들은 아니었다. 예상대로 룬, 살룻, 우란이는 노랭이를 받아들이고 싶어 하지 않았다. 랏샤가 죽기 전 네 마리의 고양이들은 2:2 파벌로 나뉘어 있었다. 룬과 우란이가 흑백파, 살룻과 랏샤가 똥색파이다(나는 갈색이라고 했지만, 남편이 똥색이라고 우겼다). 우란이는 모두가 자기 아래라고 생각하는 경향이 있긴 하지만, 룬은 우란이 울음소리만 들려도 달려가서 물고 빠는 찐 동생사랑 오빠기 때문에 한편으로 먹어준다. 룬이 2살 때 2개월 우란이를 데려와서 함께 살았으니 둘이 친할 수밖에 없다. 살룻이 4살 때 3개월 된 랏샤가 독서교실에 와서 같이 살았기 때문에 또 둘이 한 편이 되었다. 네 마리가 같이 살게 된 것은 책방을 열면서부터라 그렇게 친하지는 않다. 서먹서먹 데면데면 하지만 함께 살다 보니 정이 들면서도 때론 미운 그런 사이다.

처음에야 싸우기도 했지만, 넓은 공간에 각자의 자리가 있으니 다툼은 점점 사라졌다. 그런데 우란이는 랏샤만은 도저히 좋아하기 어려웠던 것 같다. 다른 고양이와는 외모가 좀 달라서 그런지, 사람들에게 인기가 많아서 질투가 난 건지, 랏샤에게 싸움을 걸 때가 많았다. 우란이가 날카로운 소리를 내며 랏샤에게 시비를 걸면 룬은 뛰쳐나와 우란이 편에 서서 랏샤를 향해 "오우에오~" 하며 울었다. 마치 "내 동생 말씀이 다 옳다옹."하는 것 같았다.

살릇은 뛰어와서 보통 우란이와 랏샤 사이에 앉아있곤 했는데, 평화주의묘라 싸움을 말리는 게 아닐까 짐작해본다. 싸우더라도 소리만 컸지 상처가 난 적은 없었다. 서로 솜방맹이질을 하기도 했으나 몸에 닿지도 않았다. 그래서 크게 심각하게 생각하지 않았다. 격리도 하지 않았고, 다른 곳에 보내지도 않았다. 그저 참고 같이 사는 것 외엔 방법이 없었다.

랏샤가 떠난 뒤 책방 고양이들에게는 뜻하지 않게 평화가 왔다. 우란이와 랏샤 아니면 싸울 일이 없었으니 랏샤가 없는 책방은 적막할 정도로 조용했다. 랏샤의 부재를 아는지 모르는지 세 마리 고양이들은 그저 평소처럼 먹고 자고 창밖을 바라보며 전처럼 지냈다. 그 짧은 평화를 깬 노랭이의 등장.

예상했던 대로 룬과 우란이는 대놓고 싫다는 표시를 했다. 룬은 노랭이랑 마주치면 "으으응."하며 못마땅한 듯 멀리 휙 돌아서 지나갔고, 우란이는 뛰어가서 싸대기를 날려대며 하악질을 일삼았다. 물론 닿지 않는 것은 여전하지만…. 노랭이는 당황했던지 초점 잃은 눈으로 서서 마룻바닥에 꾹꾹이를 해 댔다. 살룻은 별 관심이 없었다. 딱히 자기를 건드리지만 않으면 호랑이가 같이 산다한들 아무 상관 없는 녀석이다.

노랭이에게서 관심을 돌릴 수 있도록 고양이들에게 새로운 놀잇감을 만들어줘야겠다는 생각이 들어 캣폴을 두 개 주문했다. 룬은 캣폴 해먹이 아주 마음에 들었는지 올라가서 거의 내려오지를 않았다. 밥만 먹으면 그곳에 올라가서 낮잠을 잤다. 이불 속에 콕 박혀 있는 걸 좋아하는 우란이를 위해서 새 이불도 꺼냈다. 겨울이 되면서 서재에만 보일러를 켜두었더니, 우란이와 룬, 살룻은 내내 서재에 있고, 노랭이는 우란이가 무서운지 거실 고양이집 안에 주로 있었다. 난방으로 보이지 않는 펜스를 친 것이다. 그렇게 시간이 지나다 보면 익숙해지고 덜 미워하겠지 싶었다.

싸우더라도 노랭이가 다른 고양이들을 공격하지는 않을 것이라는 믿음은 있었다. 우란이가 성질이 더럽긴 해도 다른 고양이를 상처 입힌 적은 한 번도 없었고, 룬과 살룻은 나름 너그러운 성격이었기에 큰일은 나지 않을 거라 생각했다. 고양이들도 나와 같은 마음이었을까? 전혀 아니었다. 방충망을 사이에 두고 2년 넘게 만나온 녀석들이지만, 같은 공간에 사는 건 다른 문제다. 자기들이 나갈 수 없는 마당에 노랭이가 있는 것은 어쩔 수 없지만, 자기들 밥을 먹고, 자기들 방석에서 자고 자기들 화장실에서 똥 누는 것은 싫은 거다. 결국 우려했던 일이 벌어지고 말았다.

나 외동 성향이라 그랬지!

룬이 혈토를 했다. 연달아 네 번을 토했다. 헤어볼에 거품과 피가 섞여 나왔고, 대변에도 털과 피가 섞여 있었다. 무너지는 마음을 부여잡고 병원으로 달려갔다.

사실 룬은 외동 성향이다. 보호소에 들어온 룬은 품종묘였기에 꽤 많은 입양신청이 있었던 모양이다. 그런 룬이 초보 집사인 내게 오게 된 것은 우리 집에 다른 고양이가 없었기 때문이다. 룬은 사람은 너무도 좋아해서 임보 엄마를 졸졸 따라다니지만, 그집 고양이는 싫어서 하악질을 하곤 했다고 한다. 그런데도 나는 계속 둘째 욕심이 났다. 고양이를 키우지 않는 사람은 있어도 고양이를 한 마리만 키우는 사람은 없다고 했던

가. '고양이는 고양이를 부른다'는 말도 있을 만큼 매력적인 동물이라 묘구수가 점점 늘어나는 집이 많다. 나 또한 마찬가지였다.

룬을 키우면서 고양이가 생각보다 훨씬 더 사랑스러운 동물임을 알게 됐고, 자연스럽게 둘째 뽐뿌가 왔다.

나는 룬을 데려온 보호소의 인터넷 카페를 수시로 들락거렸고, 우란이를 만나게 된다. 애니멀 호더 집에서 태어난 아홉 마리 중 가장 에너지 넘치는 말썽쟁이 우란이의 영상에 홀딱 반해버렸다. 얼굴은 또 어떤가. 마치 엘비스 프레슬리의 구레나룻처럼, 또는 헬멧을 뒤집어쓴 것 같은 묘한 색깔의 털 조합이 눈을 감아도 잊히지 않았다.

예상과 달리 룬은 하루 만에 동생을 받아주었다. 외동 성향이란 말을 믿을 수 없을 정도로 엄청난 애정을 보여주었다. 너무 심하게 그루밍을 해주는 바람에 우란이 머리는 늘 비 맞은 듯 젖어있었고 잘 때는 한 몸처럼 꼭 붙어 잤다. 지금까지도 우란이에 대한 룬의 애정은 변함이 없다. 딱 한 번 짜증 낸 적이 있는데, 룬이 몸이 안 좋아 기분이 나쁠 때 우란이가 그루밍을 해달라고 머리를 디밀었기 때문이다. 그때도 살짝 "에잇!"

하고 짜증을 내긴 했으나 곧 그루밍을 해주었다.

싹수없고 오빠를 때리기까지 하는 동생이 뭐가 이쁘다고 저럴까. 그래서 내가 까먹어버린 것이다. 룬이가 외동 성향이라는 것을. 룬이 우란이를 받아주었던 것은 자기보다 한참 어린 동생이었기 때문이 아닐까? 다 큰 성묘를 받아주는 것과는 달랐을 것이다. 무던한 성품인 살롯과 랏샤에게도 데면데면했던 룬에게 약간은 더 부산스러운 노랭이와 잘 지내라는 것은 무리였을 것이다. 또 나이가 들었으니까, 아프니까, 날이 갈수록 예민해졌을 룬에게 새 식구는 스트레스였겠지.

룬의 증상을 듣고 진찰을 해본 수의사 선생님은 나이 들고 여기저기 아픈 아이니 소화력이 떨어진 상태라면 헤어볼도 위험할 수 있다고 하셨다. 다행히 토하고 대변으로 털이 나왔다고 하니, 장 기능을 촉진시키고, 염증을 완화하는 치료를 해보자고 하셨다. 입원보다는 통원 치료가 나을 것 같아서 매일매일 병원에 갔다. 룬은 밥을 거부하고 구석에만 앉아있으려 했다. 사료를 갈아 간식과 섞어 주사기로 강제급여를 하면서 랏샤와 함께 보낸 마지막 달이 떠올라 무섭고 우울했다. 그래도 이번엔 아프자마자 병원에 데려갔고, 헤어볼이라는 명확한 원인이 보였기에 희망을 가졌다.

일주일째 되는 날 룬은 구석에서 나와 조금씩 걸어 다녔고, 그 다음 날엔 스스로 캣폴에 올랐다. 룬을 보살피느라 책방에서 쪽잠을 자며 지내고 있었는데, 쿵쿵대는 소리에 눈을 떠보니 룬이 새벽빛 스며드는 창가에 놓인 캣폴 위로 올라가고 있었다. 그 모습이 너무 아름다워 눈물이 났다. 고마워. 기운 내줘서. 살아줘서 고마워.

룬은 평소처럼 밥 달라고 따라다니며 "애애액~" 울어대는 고양이로 돌아왔다. 빠졌던 몸무게도 조금씩 회복되어갔다. 페르시안이라 털이 길고 빽빽해서 여름마다 더워하기 때문에 집에서 미용을 해주곤 했었는데, 그것도 스트레스가 될 수 있다는 수의사 선생님의 조언으로 미용을 멈췄었다. 대신 헤어볼 영양제를 먹이고, 싫어하는 빗질도 되도록 자주 해주었다. 그렇지만 헤어볼 때문에 한 번 죽다 살았으니 다시 미용을 시작했다. 매일 손가락 세 개만 한 크기로 조금씩 밀어주었다. 한 번 크게 아프고 나더니 엄살과 신경질이 늘어 엉덩이와 뒷다리만 겨우 밀었다. 나머지 부분은 빗겨도 별말 없는 부위라 그냥 두었다. 털 때문에 죽을 뻔했지만, 자기 털을 너무도 사랑하는 묘르신의 자존감을 위해서.

룬은 여전히 노랭이를 좋아하지 않는다. 지나가다 보이면 꼭 "우우웅애애액."하고 못마땅한 소리를 낸다. 하지만 "어떤 녀석인지 알아나 보자."하는 맘으로 똥꼬 냄새를 맡으려 하는 걸 보아 처음처럼 미운 건 아닌 것 같다. 가족이라고 모두를 사랑할 수는 없지. 그것도 원해서 생긴 가족이 아니니까. 못난 엄마는 또 불쌍한 고양이를 보면 식구로 들일지 모른다. 불운하게도 이런 엄마를 만난 룬에게 "너무 미안하지만 불편해도 식구니까 조금만 참고 양보해줘."하고 머리를 조아리고 빈다. 엄마한테 짜증 다 풀어도 되니까 제발 참다가 병나지 않기만을 간절히 바랄 뿐이다.

처세술의 달인 김노랭 선생

너 먼치킨[1] 고양이였어?

노랭이는 눈치챘다. 여기 날 좋아하는 고양이가 없다는 것을. 마당에서나 인기묘였지 이곳에서는 밉상 진상에 불과하다는 것을 말이다. 노랭이는 영특하게도 자신의 위치를 잘 아는 것 같았다. 물론 자기도 새끼를 두 번이나 낳은 장년에 접어든 고양이였지만, 60대가 경로당에 가면 막내라서 잔심부름을 해야 하는 것처럼 11살, 10살 두 오빠에, 9살이지만 최고위층

---

1 돌연변이종으로 몸통이 길고 다리가 짧은 고양이를 칭하는 말.

인 언니 앞에서는 납작 엎드리는 수밖에 없다는 것을 며칠 만에 알아챘다. 노랭이는 처음 마당에 입주할 때 앵구가족에게 보인 공손함과 내게 썼던 애교 작전을 비롯한 각종 처세술을 책방에서도 펼치기 시작했다.

먼저, 배경에 스며들기 작전. 노랭이는 일단 눈에 띄지 않기로 했다. 눈에 띄었다간 괜히 한 소리 더 듣고, 한 대 더 맞기 때문에 최대한 조용히 지내려 노력했다. 꼭 자기 몸 색깔과 비슷한 장식장 서랍 안이나 박스 안에서 잤다. 노랭이가 숨어 지낼 곳이 필요할 것 같아 택배 박스를 여기저기 두었는데, 그곳이 편했던 것 같다. 노랭이가 박스를 차지하니 다른 고양이들은 박스를 쓰려고 갔다가 노랭이를 보고는 그만 언짢아져서 "에잉."하고 돌아섰다.

글쓰기 수업에 오는 어린이들은 그 사정도 모르면서 따져물었다.

"선생님, 왜 노랭이만 박스 안에서 자요? 지금 노랭이 차별하시는 거예요? 차별은 나쁘다면서요!"

"얘들아, 고양이는 원래 박스를 좋아하는데 노랭이 때문에 다른 고양이들이 박스를 못 쓰고 있는 거야.”

어린이들은 설명해줘도 듣지 않고 되물었다.

“다른 고양이들은 다 폭신한 방석이랑 이불에서 자는데 노
랭이만 차가운 박스에서 재우고. 길고양이라고 그러는 거죠?
선생님 나빠요!” (얘네들 다 스트릿 출신인데….)

동정심을 산 노랭이는 어린이들만 오면 “꺄꺄꺄까옹~”하
고 발 벗고 뛰어나가서 다리 사이에 쏙 얼굴을 파묻거나, 아
주 애처로운 눈빛을 발사하며 애교를 떨었다. 마치 ‘제발 날
좀 여기서 데리고 나가줘!’하는 것 같다. 그럼 어린이들은 “너
무 귀엽다!”를 연신 외치며 노랭이를 쓰다듬어주는데 노랭이
는 그게 아주 좋은 모양이었다. 새로운 영업직원 고양이가 탄
생한 것이다.

노랭이의 두 번째 작전은 항상 낮은 곳에 임하는 것이다. 거
의 다리가 안 보일 만큼 바닥에 붙어서 걸어 다니다 보니, 먼치
킨 고양이로 오해를 받을 지경이다. 한 번은 노랭이를 조용히

관찰하던 한 어린이가 물었다.

"선생님, 노랭이 다리가 왜 저렇게 짧아요? 다른 고양이랑 종이 다른가요?"

"응, 아니야. 우란이 무서워서 포복 자세로 다니는 거야."

예전 마당에서 지낼 때 사진을 증거물로 보여줬다. 그 사진에서 노랭이는 모델만큼 길고 쭉 뻗은 다리를 자랑하고 있었다. 그랬던 노랭이는 특히 우란이가 일어나 있는 시간이면 한 마리 애벌레가 되어 바닥을 기어 다녔다.

노랭이는 우란이를 아주 무서워한다. 우란이가 하루에 한 번은 꼭 노랭이를 죽일 듯이 쫓아가서 꿀밤을 먹이고 하악질을 하기 때문이다. 우란이는 보통 하루에 열 시간 이상을 숨숨집에 들어가 자는데, 노랭이는 그때 아주 행복하게 이곳저곳을 돌아다니고 책방 한가운데 쭉 뻗고 누워 자기도 한다.

노랭이가 가장 긴장하는 때는 우란이가 일어나 화장실 갔다가 밥 먹고 난 직후다. 우란이가 일어나는 기척만 들려도 후다닥 뛰어서 장식장 아래 서랍 속으로 쏙 들어간다. 우란이가 유유히 걸어 나와 자기 앞에서 쭈욱 기지개를 켜면 최대한 안쪽으로 몸을 붙이고 없는 척한다. 공기마저 멈춘 듯 적막이 흐른다. 내가 침 넘기는 소리만 꼴깍 들린다. 다행히 들키지 않으면 아무 일도 없지만, 우란이가 고개를 돌리다 노랭이랑 눈이 마주치면 바로 싸움이 난다. 우란이는 당장 꼬리털을 부풀리고 "아아악악~"하면서 냥냥펀치를 날린다. 노랭이는 바로 바닥에 누워 눈을 감고 헛손질을 하며 방어 자세를 한다. 물론 둘의 손은 서로에게 닿지 않지만, 굉장한 기를 주고받으며 주위를 긴장하게 만든다.

그럼 어디선가 살룻과 룬이 달려온다. 룬은 우란이 편에 서서 "아오오."하면서 노랭이를 약 오르게 한다. 살룻은 왜 뛰어왔는지 알 수 없게 근처에 식빵 자세로 앉아 관람한다. 아마 팝콘이 있었으면 좋겠다 싶은 눈빛이다.

"엄마가 싸우지 말랬지!"하거나 "쓰읍!" 하면 싸움은 끝난다. 우란이가 분이 안 풀렸다는 듯 "에에엑깩깩."하면서 노랭이 주변을 배회하다 볼일 보러 사라지면 그제야 노랭이는 혀를 날름날름 입맛을 쩝쩝 다시면서 편한 자세로 고쳐 앉거나, 부리나케 나에게 다가와 안긴다. 그럼 내가 토닥거리며 "우리 노랭이, 언니한테 혼났쪄요~"하고 달래준다.

노랭이 편을 들어 우란이를 혼내면 어떻게 될까? 알 수 없지만 상황은 악화될 것 같다. 우란이는 질투가 많은 편은 아니지만, 단 한 번도 혼난다고 꺾인 적이 없는 아이기 때문이다. 가만히 자고 있는 살룻에게 다가가 갑자기 하악질을 하며 꿀밤을 먹여서 혼낸 적이 있다. 그럼 우란이는 끝까지 잘못을 인정하지 않는 편인데, 보통 대화는 이렇게 진행된다.

"왜 가만있는 오빠야 때리노!"

"(눈치 보며)아오오."

"뭘 잘했다고 말대답하노!"

"(눈을 똑바로 마주하며)애애앵."

"이게 그래도 반성 안 하제!"

"(더 크게)아아오오옥."

"이 가스나 끝까지 잘했다고 하나!"

"(이를 드러내며)하하아악!"

그럼 그냥 무서워서 내가 물러난다.

책방의 계급 구조가 '우란-룬-살룻-나-노랭'이기 때문에 노랭이를 몰래 달래주는 수밖에 없다. 노랭이가 오고 나서 룬, 우란, 살룻 모두 살이 빠졌는데, 노랭이만 무려 1.2kg이 늘었다. 그러니 내가 겉으로는 노랭이 편을 들어줄 수가 없다.

노랭이의 마지막 전략은 살룻 매수 작전이다. 노랭이는 일주일이 지나기도 전에 깨닫고 만다. 살룻 오빠야가 가장 만만한 고양이라는 것을. 산은 산이고 물은 물이로다 하면서 늘 명상에 빠져 있는 살룻은 노랭이가 밖에 살든 안에 살든 통 관심이 없다. 어떻게 하면 자기가 마당으로 나갈 수 있는가만 고민할 뿐이다. 그러다 보니 노랭이에게도 딱히 싫은 티를 내진 않았다. 다만 노랭이가 곁에 오면 솜방맹이질을 하기도 했지만, 평소에는 신경을 쓰지 않았다. 그러자 노랭이가 살룻에게 조금씩 접근하기 시작했다.

처음에는 살룻이 밥 먹을 때 슬쩍 옆에 가서 같이 먹었다. 밥을 같이 먹어야 빨리 정든다는 것을 알았다. 살룻은 뚱냥이답게 밥 먹을 때는 밥에만 집중하는 스타일이라서 노랭이가 옆에 오든 말든 관심이 없었다.

그러자 다음에는 살룻이 잘 때 슬며시 근처에 가서 자기 시작했다. 그러더니 점점 간격을 좁혀가면서 나중에는 살룻 궁둥이에 자기 궁둥이를 딱 붙이고 자는 게 아닌가. 살룻은 노랭이가 다가오면 깜짝깜짝 놀라면서 꿀밤을 때리기도 했지만, 나중에는 익숙해져서 그런지 내버려 두었다. 분명히 잠들 때는 혼자였는데 일어나니 노랭이가 옆에 있는 걸 보고 움찔하다가도 그런 상황이 계속되자 그냥 다시 잠들 때가 많았다. 그렇게 봄볕에 얼굴 타는 줄 모르게 노랭이가 살룻의 삶에 스며들었다.

현재 노랭이와 살룻은 꽤 친해져서 늘 함께 붙어자는 사이가 되었다. 이제는 살룻이 자고 있으면 노랭이가 살룻을 때리고 자리를 빼앗는다. 그럼 살룻은 방석 밖으로 밀려나지만, 그래도 노랭이 곁을 떠나지는 않는다. 가끔 노랭이가 너무 치대면 귀찮고 무서운지 딴 곳으로 갈 때도 있지만.

노랭이의 타깃팅은 정확했고 성공적이었다. 나는 내심 노랭이에게 고마움을 느낀다. 랏샤가 떠나고 살룻이 어떤 마음일지 걱정됐다. 오래 함께 붙어살던 아이가 갑자기 사라졌는데 허전하지 않을지, 혼자 외롭지 않을지 마음이 쓰였다. 다행히 살룻은 잘 먹고 잘 자고 잘 놀지만, 그래도 조금은 쓸쓸해 보였는데, 노랭이 덕분에 더는 쓸쓸할 시간이 없다. 그렇게 노랭이는 식구가 되었다.

애기가 되어버린 김노랭

"으윽끼끼꺄꺄까깍~"

요상한 소리가 멀리서 들린다. 돌아보면 노랭이가 아주 낮은 포복 자세로 서서히 기어오고 있다. 마치 슬로우 비디오 같은데 보고 있는 게 답답해서 "그냥 빨리 와!"하면 그제야 속도를 내고 총총총총 달려와 품에 와락 안긴다.

고양이 이야기를 쓰기 시작한 지 두 달이 되어간다. 코로나19 때문에 손님도 없어서 수업이 없는 날에 서재에 틀어박혀 글을 썼다. 좌식 책상을 두고 바닥에 앉아 글을 쓰는데, 그러면 룬, 우란, 살룻은 각각 내 근처에 자리를 잡는다. 룬은 내 앞 창가에 세워져 있는 캣폴 해먹에 앉아 햇빛을 받으며 꾸벅꾸벅 졸기 시작한다. 우란이는 캣베드라고 불리는 고양이용 이불베개 세트가 있는데, 그 안으로 쏙 들어가 잠을 잔다. 살룻은 내 무릎에 눕거나 아니면 방석 위에 눕는다. 그럼 노랭이는?

노랭이는 우란이가 무서워 서재 안에 들어오지 못하고 거실에서 우란이가 푹 잠들 시간까지 기다린다. 시간이 좀 흘렀다 싶으면 밖에서 울기 시작한다. 독특하게 끙끙 앓는 소리를 내는데, 그럼 내가 밖을 내다보며 속삭인다.

"우란이 언니야 잠들었으니까 빨랑 온나."

그럼 눈치를 보면서 느릿느릿 걸어오는데 지나치게 낮은 자세로 천천히 기어오면서 요상한 소리로 운다. 그럼 우란이가 깰지도 모르는데 왜 그러는지 알 수가 없다.

서재로 들어오면 나에게 달려와 다리 사이에 얼굴을 파묻고 한참 가만히 있는다. '들장미 소녀 캔디'나 '빨강머리 앤' 역할에 심취한 것 같다. 설움을 참으며 끝내 이 고난을 극복하고 말 것이라며 어깨를 들썩이는 소녀 역할을 담당하기에는 너무 포동포동한 게 흠이긴 하다. 노랭이는 책방에 들어온 뒤로 나날이 살이 찌고 털에 윤기가 자르륵 흐른다. 병원에 데려가면 수의사 선생님이 "네가 제일 팔자 좋아 보이네." 할 정도다. 해피 라이프를 제대로 즐기는 노랭이다.

제일 잘 지내고 있는 주제에 비운의 주인공을 놓치고 싶지 않은지 메서드 연기가 날로 늘어간다. 노랭이에게 우란이는 정말 무섭고, 룬은 우란이 깨어있을 때만 무섭고, 살룻은 우스운 존재다. 처음에는 살룻 앞에서도 낮은 자세를 보여줬는데, 요즘 좀 친해지니 오빠를 우습게 보고 장난을 걸거나 때리기도 한다. 특히 살룻이 코를 골며 푹 자고 있으면 옆에 가서 때리거나 밀어서 잠을 깨운다. 살룻이 화를 내며 솜방맹이질을 해도 도망가지 않고 끝까지 옆에서 잔다. 그럼 결국 밀려나는 쪽은 살룻이 되어버린 지 오래다.

룬은 별로 무서워하지 않으면서 그런 척 연기를 한다. 룬이 지나가다 노랭이를 보고 못마땅해서 으르릉 소리를 내면 노랭이는 바로 그 자리에서 발라당 넘어져 버린다. 나중에는 룬이 멀리서 쳐다만 봐도 눈빛 레이저를 맞은 듯 발라당 쓰러졌다. 좀 오버다 싶은데, 노랭이가 발라당 쓰러지면 룬은 당황해서 안절부절하다가 그 자리를 피한다. 아마 그걸 노리는 듯싶다. 자해공갈단이 따로 없다.

11살 룬, 10살 살룻, 9살 우란이는 활동성이 거의 없는데, 노랭이가 들어오면서 활기가 생겨서 좋다. 장난감 반응도 늘고 살룻과 장난도 치고, 우란이와 싸움도 하니 나름 중년층

고양이들이 운동도 되고 좋다. 하지만 까불어도 너무 까분다 싶을 때도 있었다. 한 번도 고양이 때문에 책방이 어질러진다는 생각을 해본 적이 없었다. 무엇을 놔둬도 다음날 그냥 그 자리에 있었다. 컵도, 연필도, 종이도, 책도.

그런데 노랭이가 오면서 "고양이의 만행.jpg" 같은 게시물을 이해하게 되었다. 쓰레기통을 엎어놓기도 하고, 화장지를 뜯어놓기도 하고, 화분을 깨놓기도 하고, 연필이나 지우개를 바닥으로 떨어뜨려 놓기도 하고, 박스를 다 뜯어놓기도 한다. 다행인 것은 책방 고양이라는 의식은 있는지 책을 망가뜨리지는 않았다.

가장 큰 위기는 남편이 아끼는 엄청 큰 화분을 와장창 깨버렸다는 것! 책장 위로 뛰어오르다가 화분에 걸쳐져 있던 나무판을 밀어버리는 바람에 화분이 넘어지면서 깨져버렸다. 만약 나무도 부러졌다면 남편이 엄청 분노했겠지만, 다행히 나무는 목숨을 건졌다. 새 화분을 사면서 속이 깊은 길쭉한 박스가 하나 생겼는데 남편은 그 박스에 '노랭이 생각의 방'이라고 써놓았다. 말썽을 피우면 그 안에 넣어놓고 반성의 시간을 가지라는 교육적 의도였다. 물론 10초면 탈출해버리지만! 나중에는 우란이에게 쫓기면 노랭이 스스로 생각의 방으로 들어가서 숨어버리는 용도가 되었다. 덕분에 상자는 지금도 버리지 않고 두었다.

남편의 분노를 일으키는 사건은 이것으로 끝나지 않았다. 한날은 화분이 잔뜩 파헤쳐져 있어서 이게 무슨 일인가 보니 화분에 똥을 싸놓은 게 아닌가! 새집을 맞이해서 다시 살아보겠다고 애쓰는 해피트리가 노랭이 똥으로 시름시름 앓게 되었다. 이런 적은 처음이라 너무 큰 충격이었다. 어떻게 해결해야 할지 고심하다 일단 흙을 파지 못하게 신문지로 막아놓았다. 그렇게 사건이 일단락되나 싶었다.

그러나 의지의 노랭이는 신문지를 뜯고 또 화분에 올라가 오줌을 싸놓았다. 어찌나 많이 쌌던지 노란 오줌이 그 두꺼운 흙을 뚫고 내려와 물받침을 채우고도 흘러넘쳐 바닥에 흥건히 고였다.

이것은 신문지로 해결될 일이 아니었다. 원인을 알아야 했다. 갑자기 화분에 배변하는 데는 이유가 있을 것이다. 매의 눈으로 지켜본 결과, 노랭이는 화장실 가는 것이 불안한 것 같았다. 고양이 화장실은 다용도실에 있는데, 볼일을 보는 동안 우란이가 와서 노랭이를 때리는 일이 일어났다. 입구가 하나라 퇴로가 없다 보니 우란이가 올까 두려워서 볼일 보러 가기가 싫었던 것 같다. 노랭이가 화장실을 가려고 할 때 내가 따라가서 입구를 닫고 안심시켜주었다. 마침내 노랭이는 화장실에서 엄청난 양의 똥과 오줌을 누는 데 성공했다. 냄새가 심각했지만, 시들어가는 화분을 생각하면 견뎌야 했다. 코를 움켜쥐고 폭풍 리액션을 선사했다.

"아이구, 우리 노랭이 똥 쌌쪄요? 아이, 똥도 예쁘게 싸네. 오구오구 오줌도 같이 싸네! 거 시원하게도 잘 싼다."

노랭이는 나의 반응이 꽤 마음에 들었던 모양이다. 화장실에 가고 싶으면 내 주변에 와서 울어댔다. 그럼 안고 화장실로 가서 모래 위에 올려주면 볼일을 봤다. 분명 안 그랬는데, 점점 갈수록 볼일을 다 보고 모래도 덮지 않고 그냥 나가버렸다. 그럼 으레 내가 모래를 덮어주어야 했다. 화분에 안 싸는 것만으로 다행이다 싶어 노랭이 하자는 대로 해주고 있었는데 슬슬 걱정이 됐다. 내가 없으면 볼 일을 참는 것 아닐까? 자고로 잘 먹고 잘 싸는 것은 건강의 기본인데, 잘 먹기만 하고 싸는 걸 참으면 안 될 것 같았다. 매번 화장실에 안고 갈 수 있는 건 아니니까. 내가 책방을 비울 때도 있으니 이렇게 습관이 들면 나중에는 화장실이 아니라 병원으로 안고 달려가야 하는 상황이 벌어질 수도 있을 것 같았다.

　가장 좋은 방법은 화장실을 열린 공간에 두거나 이곳저곳 흩어놓는 것이지만, 아무래도 사람들이 드나드는 곳이라 그럴 수는 없었다. 고민이 되어 며칠 노랭이를 유심히 관찰했다. 결론은 내가 괜한 데 에너지를 쓴 셈이었다. 학생들의 증언에 의하면 노랭이는 내가 수업을 하거나 바쁠 때는 혼자서도 화장실에 잘 갔다. 그냥 나를 부려먹는 게 즐거웠거나, 추임새를 넣어주면 똥이 더 잘 나온다거나 그런 이유에서 나와 같이 화장실에 가고 싶었나 보다.

　5년이라는 짧은 생 동안 열네 마리의 새끼를 낳고 야생의 삶을 치열하게 살았던 노랭이는 집안에 들어오면서 '다섯 짤' 아기가 되었다.

미운 다섯 살이라 했던가. 이 글을 쓰는 두 시간 내내 노랭이는 내 무릎 위에서 내려오지 않는다. 다리가 너무 저려서 끌어내리려고 하면 손을 물어뜯는 바람에 현재 다리에 감각이 없는 상태다. 노랭이도 초등학교 갈 나이(8살)가 되면 조금은 의젓해지려나? 그럼 또 많이 서운할 것도 같다. 남은 생에 내내 까불어도 좋으니 오래오래 내 곁에 있었으면 좋겠다.

악덕 고용주가 되지 않으려면
고양이 직원에게 월급을

고양이 직원들 입장에서 책방의 노동환경에 대해 생각해본 적이 있다. 그들에게 직접 듣고 싶지만, 다행히(?) 소통이 원활하지 않아 고용주 입장에서 맘대로 평가해보았다.

우선, 근무처의 입지 조건을 보자. 조용한 주택가에 자리 잡고 있어 고양이가 싫어하는 소음이 크게 발생하지 않는다. 넓은 창으로는 길고양이와 새가 주기적으로 드나드는 게 보여 디스커버리 채널을 보는 듯하다. 고양이 입장에서 대형 TV인 셈이다. 자동차가 많이 다니지 않는 곳이라 공기의 질도 좋은 편이고, 마당에 나무와 풀이 가득해 다양한 냄새 자극도 받을 수 있다.

두 번째로 직장 내부 환경을 따져보자. 캣타워와 숨숨집, 방석, 의자와 테이블, 종이박스, 그리고 인간의 배와 무릎 등 아주 편안히 앉거나 누워서 일할 수 있는 공간이 곳곳에 있다. 보통 누워있는데, 고용주의 눈치를 전혀 보지 않는 것으로 보아 그것도 노동의 일종일지 모른다는 생각이 든다. 손님들이 누워있는 고양이를 발견하면 너도나도 "어머! 귀여워!"를 연발하기 때문에 저것도 영업 전략 중 하나인가 보다 인정할 수밖에 없다.

여름에는 에어컨을 빵빵하게 가동하고, 겨울에는 보일러를 뜨끈뜨끈하게 제공 중이다. 한겨울 2층 살림집에서는 두툼한 수면바지를 입고 생활해도, 1층 책방에는 고양이들이 녹아내릴 수 있게 온도를 높인다. 왜냐하면 녹아있는 고양이야말로 참으로 귀엽기 때문이다.

세 번째로 복지제도다. 고양이에게 복지란 무엇일까? 고양이의 행복은 무엇으로 결정될까? 많은 전문가들이 츄르와 낚싯대로 대표되는 간식과 놀이가 중요하다고 말한다. 그런데 안타깝게도 책방 고양이 직원들에게 간식은 금물이다. 그럼 남은 한 가지는 놀아주는 것! 십여 가지 낚싯대를 도열해놓고 마음에 드는 것을 고르게 한 뒤 인간 풍차처럼 팔을 휘돌리기 시작한다. 잠시 후 헉헉대며 팔을 멈추고 바라보면 살롯과 룬은 드러누워서 발만 깔짝대고, 우란이는 이미 흥미를 잃고 자러 가고 없으며, 노랭이는 테이블 다리 뒤에 숨어서 나를 구경하고 있다. 분명 고양이들이 흥분하며 씩씩대고 있어야 하는데 나 혼자 흥분한 꼴이다.

더 나은 복지는 없을지 고민했다. 오랜 시간 시행착오를 겪은 끝에 알게 되었다. 그것은 바로 고양이 마사지! 고양이는 마사지를 좋아한다. 검색해보면 좋아하는 부위 및 방법까지 자세히 나온다. 고양이 직원들은 모두 좋아하는 마사지 부위가 다르다. 룬은 귀 마사지를 좋아한다. 귀 아랫부분을 힘 있게 꾹꾹 주물러주면 평소보다 서너 배는 큰 골골송을 들려준다. 마사지를 받고 싶어 다가오면 내가 두 손을 내미는데, 그럼 마사지 받고 싶은 귀를 손에 갖다 댈 정도다. 살롯은 어깨 마사지를 즐긴다. 식빵 자세를 하고 있을 때 위에서 바라보면 떡 벌어진 어깨가 아주 듬직한데, 오랜 마사지 덕분이 아닐까 하는 생각에 내심 뿌듯해진다. 어깨뼈를 따라 주물럭주물럭 반복하면 시원한지 눈을 가늘게 뜨고 골골댄다. 우란이가 선호하는 곳은 의외로 배다. 보통 고양이의 배를 만진다는 것은 물어달라는 것이나 마찬가지인데, 책방에서 가장 성질이 거친 우란이가 배를 선호하다니. 몸을 한껏 웅크려 냥모나이트 자세로 자고 있을 때 배로 손을 쑥 집어넣으면 깜짝 놀라면서도 몸을 쭉 펴고 분홍빛 뱃살을 보여준다. 아래위로 쓱쓱 쓸어주면 오른쪽 왼쪽 뒹굴거리며 행복해한다. 노랭이는 가장 평범하다. 싫어하는 고양이를 찾기 힘든 미간 마사지다. 다른 부분을 만지면 물거나 할퀴려고 하는데 미간에 손을 갖다 대면 눈을 스르륵 감고 입꼬리가 스윽 올라간다. 마치 웃고 있는 것처럼 보인다.

네 번째로 근무 조건을 살펴보자. 보통 고양이는 열여섯 시간 이상 잔다고 하니 여덟 시간 눈을 뜨고 있다고 치자. 내가 보기엔 그보다 더 자는 것 같지만, 우선은 노동자의 편에서 생각하는 게 옳다. 근무 시간 내내 자유롭게 식사를 하고 화장실에 가고 멍때리기를 한다. 고용주의 어떠한 간섭이나 명령이 없다. 만약 오늘은 일하고 싶지 않다고 생각한다면 휴가를 낼 필요도 없다. 그냥 쉰다. 대체할 고양이를 찾을 필요는 없다. 우리 고양이 직원들은 대체불가의 매력을 가지고 있기 때문이다.

마지막으로 임금이다. 이것이야말로 곤란한 상황인데, 고양이 직원들에게 돈을 줄 수는 없다. 그렇다고 무상노동을 시킬 수는 없지 않은가. 다른 거 다 잘해주고도 월급을 안 준다면 악덕 고용주라는 말을 들을 수 있다. 어떻게 임금을 지불할 수 있을까? 곰곰이 생각해본 결과 고양이에게 월급은 집사의 건강과 행복인 것 같다. 매일매일 안아주고, 쓰다듬어주고, 놀아주고, 건강을 살펴줄 수 있는 집사가 자기들이 삶을 마칠 때까지 곁에 있어주는 것, 그것이야말로 고액 연봉보다 큰 가치 아닐까. 계약서는 쓰지 않았지만 고양이 직원들을 위해 최선을 다해 건강을 지키고 행복하게 살겠다고 약속해본다.

가만히 생각해보니, 내가 고용주가 맞는가 하는 근본적인 의문이 생긴다. 이 정도면 내가 직원(사실상 노예) 아닌가? 복지는커녕 월급도 받지 못하는 나야말로 요 귀여운 악덕 고용주들에게 시달리고 있는 건 아닌지 의심해봐야겠다.

휴일엔 고양이와 낮잠

창문을 여니 오랜만에 날씨가 화창하다. 아직 겨울이지만 봄기운이 물씬 풍길 정도로 공기가 훈훈하다. 낮잠 생각이 절로 나는 쾌청한 하늘이다. 얼른 창문을 닫고 커튼을 친다. 서랍장에 고이 접어둔 폭삭한 이불을 꺼내 들고 따뜻한 방바닥을 찾아간다. 아랫목을 찾는 법은 간단하다. 이미 그곳에 고양이들이 녹아있기 때문이다. 이불을 펼치고 "우와악 괴물이다아악!" 하고 달려가면 액체화되어 있던 고양이들이 깜짝 놀라 빛의 속도로 흩어진다. 그 틈을 타 얼른 이불을 깔고 그대로 쓰러진다(조금이라도 머뭇거렸다간 자리를 다시 빼앗길 수도 있다). 내가 털썩 쓰러지면 도망갔던 고양이들이 하나둘 돌아와 기웃거리기 시작한다. 마치 세렝게티에서 쓰러져 죽어가는 코끼리를 지켜보는 하이에나들 같다.

네 마리 고양이들은 저마다 좋은 고기… 아니 자리를 차지하려고 눈치 작전을 편다. 고양이들의 종특 중 하나인데, 집사와 함께 자는 게 아니라 집사를 깔고 자는 것을 좋아한다. 그중 가장 두툼하고 푹신한 매트가 집사의 배 위다. 그곳을 차지하기 위한 치열한 눈치 싸움에서 언제나 승리하는 것은 룬이다.

아무래도 나와 만난 역사가 가장 오래되다 보니, 배 위에서 잠을 잔 시간도 다른 고양이들에 비해 월등히 길다. 집사의 상황 같은 것은 생각하지 않고 겁 없이 배 위로 올라선다. 이왕 올라올 거 그냥 올라오면 될 텐데, 룬에게는 나름의 의식이 있다. 일종의 평탄화 작업인데, 깔고 앉을 옷과 뱃살이 자기 몸에 꼭 맞을 때까지 잡아뜯는 시간이다. 룬의 이런 버릇 때문에 면 티만 입고 산 지 10년. 원래 니트나 블라우스, 레이스 등을 사랑하던 사람이었지만, 아무리 비싸고 좋은 옷을 입어도, 룬 앞에 누웠다가는 바로 각설이 신세다. 벌 당 만 원을 넘지 않는 면 티셔츠를 깨끗이 빨아 입는 것으로 겨우 사회적 체면을 유지하고 있다.

룬은 만족스럽게 평탄화될 때까지 배 위에서 뱅글뱅글 돌면서 다지고 뜯기 때문에 식사 후 낮잠은 금물이다. 자칫했다가 먹은 것을 그대로 토해낼 수 있다. 그런데 낮잠이야말로 식후가 제격이라 역류성 식도염을 달고 산다. 어쨌든 평탄화가 끝나면 식빵 자세를 하는데 번번이 똥꼬를 내 얼굴 쪽으로 두는 것이다. 일부러 그러는 건지 모르겠지만 그것만은 내 자존심이 허락하지 않아 억지로 방향을 돌려 얼굴을 마주보게 한다. 그러면 에잉 하고 짜증을 내긴 하지만 곧 골골송의 세계로 진입한다.

살룻이 배 위를 차지할 때도 있다. 그럼 내 생명이 굉장히 위험해지기도 한다. 7kg의 살룻이 배 위에 눕는다고 해서 힘들 만큼 연약한 육체는 아니지만 자세가 문제다. 살룻은 갑작스럽게 고장 날 때가 종종 있는데 배 위에 올라간 후 갑작스런 고장이 나면 큰일 난다. 몸에 비해 아주 조그맣고 깜찍한 발을 가진 살룻이 한 발을 들고 세 발로 배 위에 설 때, 그중 한 발이 하필이면 내 명치를 눌렀을 때! 혈을 눌린 것마냥 극심한 고통으로 말문이 막히고 식은땀이 나고 이렇게 고양이 발에 밟혀 생을 마감하는 건가 하는 생각이 주마등처럼 스쳐간다. 당해보지 않으면 그 고통을 모르는데, 그럴 땐 어쩔 수 없이 급히 사과를 하며 고양이를 끌어내릴 수밖에 없다. 못마땅한 살룻은 머리맡으로 와서 탈모를 고민하는 집사 맘도 모르고 머리카락을 물어뜯으며 화를 푼다. 그러다 지치면 내 볼에 자기 볼을 밀착시키고 잠이 드는데 그게 또 그렇게 사랑스럽다…. 아잉. 명치 밟기보다는 사소한 문제지만 그 녀석은 코골이가 무척 심하다. 거짓말 조금 보태서 성인 남성만큼 코를 곤다. 게다가 꼭 귀 근처에서 잠이 드니 골이 울린다.

우란이는 평소에 숨숨집이나 이불 속에 파묻혀 자는 것을 즐기는 녀석답게 내 다리 밑으로 들어온다. 무릎을 세우고 누우면 그 사이로 쏙 들어오는데, 그래서 낮잠 자는 내내 다리를 뻗을 수가 없게 된다. 살짝 밀어내고 다리를 뻗어보려 시도한 적도 있으나 우리 집에서 가장 성질이 더러운 녀석이다 보니 조금도 양보하려 하지 않는다. 하악거리면서 더 파고드니 다시 무릎을 세워주어야 한다. 그런 자세로 자면 요통은 물론 골반 비틀어짐, 무릎 통증과 함께 하체의 혈액순환이 안 되어 부종에 시달린다는 연구 결과가 있다는 사실을 조곤조곤 읊어주었지만 돌아오는 것은 하악질밖에 없다.

노랭이는 패밀리로 합류한지 얼마 되지 않아 아직 다른 고양이들과 데면데면한 사이라 낮잠 타임 합류를 두려워한다. 특히 우란이를 무서워해서 다들 잠이 들 때까지 기다렸다가 조심조심 이불 영역으로 진입한다. 낮은 포복으로 한 발 한 발 적진을 향해… 아니 집사의 품을 향해 오다가 우란이가 하품이나 기지개, 자세 바꿈, 또는 그저 꿈틀거리기라도 하면 얼른 원위치로 돌아가거나 납작 엎드려 숨을 죽인다. 우란이가 깊은 잠에 빠지면 다시 전진, 이 과정을 수차례 반복해서 드디어 집사 겨드랑이로 파고드는 것에 성공! 마치 사람 아이처럼 모로 누워 팔베개 하고 잠이 든다.

이로써 집사와 고양이의 낮잠 자리 잡기가 종료되면 단체 골골송이 시작된다. 네 마리 고양이가 신체 곳곳에서 동시에 골골송을 부르면 마치 진동 마사지기를 부착한 기분이다. 그 소리와 리듬에 맞춰 기분 좋게 잠의 세계로 유영해갈 것 같지만, 실상은 그렇지 않다. 산발적인 골골송과 코골이, 뒤척거림, 자리 새로 잡기, 자다 밥 먹으러 간다고 집사 밟고 가기 등. 집사는 영혼이 탈곡되어, 자는 것인지 자는 나를 바라보고 있는 것인지 모를 상태가 되어버린다.

  결국 고양이와 잔다는 것은 두 가지 과정이다. 먼저 잠의 뫼비우스 띠에 빠지게 되고 이후 한숨도 잘 수 없게 된다는 것이다. 귀를 울리는 샬롯의 코고는 소리에 눈을 뜨면 룬이 배 위에서 쿨쿨 자고 있다. 맛있게 자는 걸 깨울 수 없어 나도 다시 잔다. 그러다 룬이 갑자기 배 위에서 뛰어내려가는 통에 명치를 밟혀 헉하고 잠에서 깬다. 일어나려 하는데 노랭이가 팔베개를 하고 곤히 자네? 어쩔 수 없이 노랭이 배를 토닥거리며 다시 잠이 든다. 까무룩 잠이 깊이 들었는지 다리를 펴고 말았다! 다리에 깔려 놀란 우란이가 하악질을 하는 바람에 깼는데 샬롯이 내 목 위에 턱을 괴고 자고 있다. 너무 귀여워서 깨지 않게 조심조심 폰을 찾아 셀카를 찰칵! 숨이 막히지만 샬롯이 깰 때까지만 자기로 한다. 콘서트에서 헤드뱅잉 하는 꿈을 꾸다 진짜 아픈 기분이 들어 눈을 떠보니 샬롯이 내 머리카락을 뜯고 있다. "언제 일났어~ 엄마 깨운 거야? 배고파?" 하고 일어나려는데 응? 룬 언제 또 배 위에 올라 온 거니?

쾌청하던 하늘은 어느새 어둑어둑. 이렇게 오래 잤는데 잔 것 같지 않고 밤 샜을 때보다 더 피곤하다. 온몸이 쑤시고 머리가 지끈지끈하다. 잠든 고양이는 너무 귀엽지만, 고양이와 자는 것은 기 빨린다. 내가 고양이와 밤잠은 같이 자지 않고 책방 쉬는 날 낮잠만 같이 자는 이유다.

가능하면 오래, 더 오래

"우리 아이 이제 대학교 보내요. 축하해주세요!"

"정말 축하드려요!"

"너무 부럽습니다ㅠㅠ"

"저희 애는 곧 고등학교 갈 나이가 되는데 조마조마하네요."

"대학원에도 꼭 보내시길 바랄게요!"

인구의 80%가 대학에 간다는 나라에서 대학 보내는 걸 저렇게 축하한다고? 너무 오버하는 거 아닌가 하는 생각도 들

것이다. 여기서 아이를 고양이로 바꾸면 바로 이해 완료다. 애묘인들은 '대학은 보내고 싶다'하는 말을 사용하곤 한다. 내 고양이가 20년은 살았으면 한다는 뜻이다.

집고양이의 평균 수명이 15년이라고들 하지만, 그보다 훨씬 빨리 아이들을 무지개다리 너머로 보내는 집사들이 많다. 고양이는 아픈 것을 잘 숨기는 습성을 가지고 있고, 개보다는 약이나 치료가 대중적이지 않기도 하다. 갑작스러운 질병이나 사고로 생각한 것보다 훨씬 빨리 아이를 보내는 집사들의 글을 보며 내 아이가 제발 무사히 대학 갈 때까지 살아주길 간절히 바라게 된다.

나도 마찬가지다. 내 고양이들은 매일 약을 두 종류 이상 먹어야 하고 한 달에 두세 번 병원에 가야 한다. 쉬운 일은 아니다. 생활 리듬이 불규칙한 내가 규칙적으로 고양이 약을 먹이는 것부터가 어렵다. 집에서 차로 10분 거리인 병원은 손님이 많아 갈 때마다 기본적으로 1시간 가까이 대기한다. 진료 시간과 주차, 이동 시간을 합치면 두 시간이 훌쩍이다. 진료 시간도 짧은 병원인데, 내 일과 진료 시간이 맞지 않을 때가 많다. 그래서 월요일은 아예 병원 가는 날로 정하고 책방 문도 닫고 글쓰기 수업도 하지 않는다. 그러다 보니 쉬는 날이 없는 셈이라 요즘은 화요일에도 문을 닫는다.

문을 닫는 날은 온종일 고양이들과 함께 있으면서 컨디션을 관찰한다. 너무 많이 자면 깨워서 놀게 하고, 털을 빗기고 쓰다듬으면서 털 결이 나빠지지는 않았는지, 더러운 곳은 없는지 살핀다. 매주 몸무게를 재고 기록한다. 체중이 빠진 것 같으면 사료를 갈아서 주사기로 조금씩 먹여본다. 억지로 먹이지는 않는데, 보통은 색다른지 잘 받아먹는 편이다. 체중이 너무 떨어지면 나중에 병이 왔을 때 치료를 견뎌낼 힘이 없기에 되도록 지금 체중을 유지할 수 있도록 노력한다.

수요일에서 토요일까지는 일이 바빠 유심히 보지 못하지만, 글쓰기 수업에 오는 학생들이 나 대신 관찰해주기도 한다. 토했다거나, 눈곱이 붙었다거나, 똥꼬에 똥이 묻어있다거나, 화장실에 갔다거나, 밥을 먹었다거나, 잘 논다거나. 사소한 것까지 다 얘기해주는 찐팬들이 도움이 된다. 예전에는 너무 고양이 얘기를 해서 귀찮았는데, 랏샤의 죽음 뒤로는 사소한 것도 귀 기울여 듣게 된다. 대신 고양이를 귀찮게 하거나 나 몰래 간식을 주는 것은 용납하지 않는다. 다시는 허망하게 잃고 싶지 않기에 단호해질 수밖에 없는 것을 이해해달라고 말한다.

사실 힘들다. 나를 좀 더 돌보고 싶고, 가족과 친구, 주변 사람들을 챙기고 싶다. 하지만 다른 사람들은 나 말고도 챙겨주는 사람이 많을 거고, 나는 남편이 돌봐주니까 괜찮다. 고양이는 나밖에 돌볼 사람이 없다. 고양이에게는 내가 전부다.

대학에 보내고 싶다. 80년대 시골에서는 소를 팔아 대학에 보낸다고 대학을 '우골탑'이라고 불렀다고 한다. 네 마리 고양이들이 대학에 가려면 나는 책을 많이 팔아야 될 테니 '서골탑'이라 부르겠다. 내 등골을 빼먹는 녀석들이니 '등골탑'도 괜찮겠다. 어떻게 해서든 대학만은 보내보고 싶다. 이왕이면 대학원도.

그래서 더 열심히 살게 된다. 더 좋은 사람이 되고 싶다. 내 능력을 키우고 인정받고 싶다. 그래야 내 아이들을 더 잘 돌볼 수 있는 사람이 될 수 있기 때문이다. 실제로 고양이를 키운 10년 동안 나는 너무도 나은 사람이 되었다. 책방을 열었고, 글쓰기 교사로 인정받고 있으며, 책도 냈고, 지역 사회를 위한 활동도 꾸준히 하고 있다. 고양이를 키우기 이전의 나와는 전혀 다른 사람이 되었다. 앞으로 10년 더, 가능하다면 그보다 더 오래 고양이들과 함께 살기 위해 나는 또 더 나은 사람이 될 것이다.

얼마 전 마당에 처음 보는 고양이 커플이 집을 둘러보고 갔다. 예전 흰둥이를 꼭 닮은 하얀 녀석이 다녀가더니, 조금 있다 여자 친구로 보이는 고등어를 데리고 다시 와서는 고양이 집 냄새를 꼼꼼하게 맡고 밥을 먹고 갔다. 어쩌면 봄이 되면 그 커플이 새끼들을 끌고 마당으로 올지도 모른다. 그럼 나는 또 그들을 돌보게 될 것이고, 많이 웃고 또 가끔씩은 울게 될 것이다. 그래도 좋다. 내 책방이 고양이를 사랑하는 사람들의 사랑방이 되길, 내 마당이 힘든 묘생 가운데 한줄기 따뜻한 햇살이 되길 바란다. 그들을 위해 나는 책을 더 열심히 팔고 그 돈으로 또 새 사료를 살 것이다.

 *epilogue*

현재진행형의 사랑

2020년 한겨울에 이 글을 썼다. 결혼 후 통영에 정착한 지 딱 10년째 되는 해였다. 10년 전 나와 지금의 나는 무척 다르다. 그때의 나는 혼자 울면서 일기를 쓰고 있었는데, 지금은 고양이들과 함께 책을 쓰고 있다. 나에게 새로운 삶과 정체성을 가져다준 고양이들에게 감사를 전하고 싶어 책 출간을 결심했다. 결혼하고 나자 나에게 주어진 역할이 낯설고 무겁고 많았다. 내가 잘할 수 있거나 하고 싶었던 역할도 아니었다. 다시 직업인이 되고 싶었지만 생각보다 어려운 일이었다. 쓸모 있는 사람이 되기 위해 부단히 노력해온 시간들이 별 의미가 없어진 것만 같아 우울했다. 얼른 뭐라도 시작하지 않으면 영영 아무것도 아닌 사람이 될 것이라는 생각에 초조했다. 우울함과 초조함이 번갈아 찾아와 나를 짓눌러 침대에서 일어나지 못하고 있던 그때, 까맣고 긴 털을 가진 우아한 고양이를 만났다.

신비로운 보름달 같은 눈을 가진 고양이. 그에게 룬lune이란 이름을 붙여주고, 매일 쓰다듬고 눈을 맞추었다. 이 빛나는 존재를 지켜주고 싶었다. 행복하게 해주고 싶었다. 오래오래 함께하고 싶었다. 그 마음이 나를 일으켜 세워 밖으로 나가게 했다. 아르바이트를 하면서 독서지도사가 될 준비를 시작했다. 동시에 독서모임을 만들어 책을 읽고 글을 썼다. 2년 만에 독서교실을 열었고 5년 후엔 책방을 열었다. 그 시간 동안 우란, 살룻, 랏샤를 새 식구로 맞았다.

내 인생에서 가장 무기력했을 때 고양이를 만났고 나의 쓸모를 되찾은 기분이었다. 이후 고양이는 내 삶의 완충지대가 되어갔다. 거칠거칠 뾰족뾰족해지고 싶을 때 고양이를 바라보면 나도 모르게 보들보들 말랑말랑해져 버렸다. 삶이 훨씬 부드럽고 순해지면서 세상을 향한 나의 마음 또한 너그러워졌다.

"고양이를 돌보다 보면 더 나은 사람이 되고 싶어진다."고 내가 말하면 "그 마음으로 사람 아이를 키우라."고 충고하는 사람들이 있다. 나도 한때는 사람 돌보는 거나 동물 돌보는 거나 같은 마음일 거라고 생각한 적이 있다. 그런데 지금은 아니다. 사람과 동물은 다르다.

사람을 키운다는 것은 미래지향적이다. 우리는 그 아이가 무언가가 되어가기를 기대할 수밖에 없다. 공부 잘하는 사람, 재능이 뛰어난 사람, 돈 잘 버는 사람. 꼭 그런 게 아니라도 보통의 시민으로 제 몫을 하며 살아갈 수 있기를 기대하고, 그렇기에 때론 다그칠 수밖에 없다. 그런데 동물은 그렇지 않다. 그저 내 곁에 있어주기만을 바랄 뿐이다. 지금 이대로, 매일매일 똑같기를 기대한다는 점에서 동물을 돌본다는 것은 현재지향적이다.

11살, 10살, 9살, 6살 고양이 네 마리를 돌보면서 이들이 내일도 모레도 나이 먹지 않길, 자라지 않길 기대한다. 언제까지고 내게 의지해서 평생을 아기처럼 살기를. 도련님, 아가씨, 임금님, 황제처럼 무엇도 두려워하지 않고 의기양양하길 바란다. 깨물고 할퀴어도 괜찮다. 밥벌이를 못해도 괜찮다. 아파도 괜찮다. 다만 오늘처럼 내 옆에 있어 주길 바랄 뿐이다.

고양이를 사랑하게 된 사람은 현재를 산다. 햇빛이 드는 창가에 누워 곤히 잠든 고양이를 지켜보는 순간, 누워서 책을 읽는 내 곁으로 토독토독 달려오는 고양이의 발소리를 듣는 순간, 고양이의 부드러운 털을 쓰다듬을 때 갸르릉하는 소리로 화답받는 순간, 서로 두 눈을 마주보고 천천히 눈을 깜빡이는 순간. 그 모든 순간에 집중하며 아무런 기대 없이 온 마음으로 사랑하는 법을 배운다.

이 순간들은 내 안에 차곡차곡 쌓인다. 아주 먼 미래, 내가 힘을 잃고 슬퍼졌을 때, 그것은 내 연금이 될 것이다. 최선을 다해 사랑한 현재 덕분에 덜 슬플 미래를 상상한다.

냥글냥글 책방

2021년 10월 25일 초판 1쇄 펴냄

지은이 김화수
발행인 김산환
책임편집 윤소영
디자인 제이
표지그림 심비오지(Simbiosi Jh)
펴낸 곳 꿈의지도
인쇄 다라니
출력 태산아이
종이 월드페이퍼

주소 경기도 파주시 경의로 1100, 604호
전화 070-7535-9416
팩스 031-947-1530
홈페이지 www.dreammap.co.kr
출판등록 2009년 10월 12일 제82호

ISBN 979-11-6762-011-8 03810

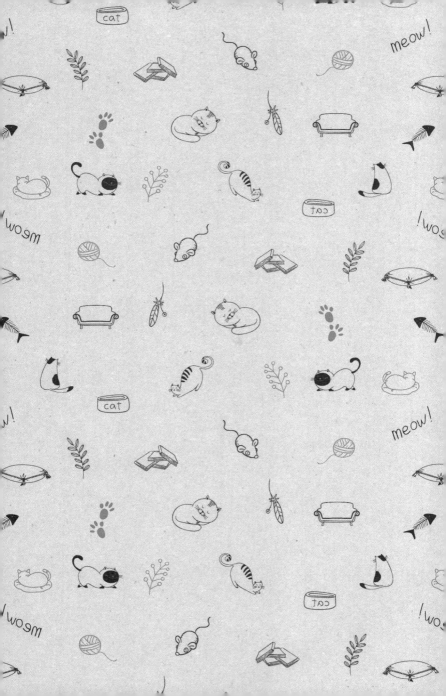